John Irving

Rettungsversuch für Piggy Sneed

Sechs Erzählungen
und ein Essay
Aus dem Amerikanischen von
Dirk van Gunsteren

Diogenes

Nachweis am Schluß des Bandes
Umschlagzeichnung von
Edward Gorey

500/93/8/1
ISBN 3 257 01954 8

Inhalt

Rettungsversuch für Piggy Sneed

Dies ist ein Erinnerungsbericht, bedenken Sie aber bitte, daß für jeden phantasiebegabten Schriftsteller alle Erinnerungen falsch sind. Das Gedächtnis eines Romanschriftstellers ist ein äußerst unvollkommener Detaillieferant; wir können uns immer ein Detail ausdenken, das besser ist als jenes, an das wir uns erinnern. Das korrekte Detail entspricht selten genau dem, was geschehen ist; das wahrheitsgetreueste Detail ist jenes, das hätte geschehen *können* oder *sollen*. Die Hälfte meines Lebens ist Revisionsarbeit; über die Hälfte dieser Arbeit besteht aus kleinen Veränderungen. Als Schriftsteller lebt man in anstrengender Bigamie zwischen sorgfältiger Beobachtung und ebenso sorgfältigem Ausmalen jener wahren Begebenheiten, die man nicht miterleben konnte. Der Rest besteht in der notwendigen, rigorosen Plackerei mit der Sprache; für mich bedeutet das, die Sätze immer wieder umzuschreiben, bis sie so spontan klingen wie gute Konversation.

Dessen eingedenk, glaube ich, daß ich wegen der guten Manieren meiner Großmutter Schriftsteller geworden bin, genauer gesagt, wegen eines geistig zurückgebliebenen Müllmanns, zu dem meine Großmutter immer höflich und nett war.

Meine Großmutter ist die älteste lebende Literaturstudentin, die in Wellesley mit Englisch im Hauptfach abgeschlossen hat. Sie lebt jetzt in einem Altenheim, und ihre Erinnerung verblaßt; sie erinnert sich nicht mehr an den Müllmann, der mir half, Schriftsteller zu werden, doch ihre guten Manieren und ihre Freundlichkeit hat sie bewahrt. Wenn sich andere Alte aus Versehen in ihr Zimmer verirren – auf der Suche nach ihren eigenen Zimmern oder vielleicht nach ihrem früheren Zuhause –, sagt meine Großmutter stets: »Haben Sie sich verlaufen, mein Lieber? Kann ich Ihnen behilflich sein, dahin zu finden, wo Sie *eigentlich* hingehören?«

Fast bis zu meinem 7. Lebensjahr wohnte ich zusammen mit meiner Großmutter in ihrem Haus; deswegen nannte sie mich immer »ihren Jungen«. In Wirklichkeit hatte sie nie einen eigenen Jungen; sie hat drei Töchter. Jedesmal, wenn ich jetzt von ihr Abschied nehmen muß, wissen wir beide, daß es vielleicht kein Wiedersehen mehr gibt, und sie sagt immer: »Komm bald wieder, Lieber. Du bist doch *mein Junge*« – sie besteht darauf, und das völlig zu Recht, daß sie mehr für mich ist als eine Großmutter.

Obwohl sie englische Literatur studiert hat, macht ihr die Lektüre meines Werks wenig Spaß; genauer gesagt, sie hat meinen ersten Roman gelesen und es dabei (ein Leben lang) bewenden lassen. Sprache und Thema mißfielen ihr, sagte sie mir; aus dem, was sie über die anderen gelesen hat, erfuhr sie, daß mit dem Fortschreiten meines Werks meine Sprache und meine Themen restlos auf den Hund kommen. Sie ist sehr stolz auf mich, behauptet sie; ich habe nie groß nachgehakt, weswegen sie stolz auf mich ist – vielleicht, weil ich überhaupt erwachsen geworden bin oder einfach nur, weil ich »ihr Junge« bin – doch eins hat sie bestimmt nie getan: mir das Gefühl gegeben, uninteressant oder ungeliebt zu sein.

Aufgewachsen bin ich auf der Front Street in Exeter, New Hampshire. Als ich ein Junge war, säumten Ulmen die Front Street; es war nicht das Ulmensterben, das die meisten Opfer forderte. Die beiden Hurrikans, die in den 50er Jahren dicht nacheinander zuschlugen, fegten die Ulmen weg, was die Straße seltsam modernisierte. Zuerst kam Carol und lockerte ihre Wurzeln; dann kam Edna und schmiß sie um. Meine Großmutter neckte mich immer mit der Bemerkung, sie hoffe, dies würde meinen Respekt vor Frauen fördern.

Als ich ein Junge war, war die Front Street eine dunkle, kühle Straße – sogar im Sommer –, und kein Garten war eingezäunt; jedermanns Hund lief frei herum und kriegte Ärger. Ein Mann namens Poggio lieferte meiner Großmutter die Lebensmittel. Ein Mann namens Strout lieferte das Eis für die Eiskiste (meine Großmutter sperrte sich bis zuallerletzt gegen Kühlschränke). Mr. Strout war bei den Hunden der Nachbarschaft unbeliebt – vielleicht weil er ihnen mit der Eiszange hinterherjagte. Wir Kinder von der Front Street belästigten Mr. Poggio nie, weil er uns in seinem Laden herumlungern ließ – und weil er mit Waffeln und anderen Leckereien großzügig war. Auch Mr. Strout belästigten wir nicht (wegen seiner Eiszange, die wir uns leicht gegen uns gerichtet vorstellen konnten). Aber der Müllmann hatte nichts für uns – keine Waffeln, keine Waffen –, und deshalb sparten wir unseren Spott, unsere Streicheleien und Gemeinheiten für ihn auf.

Er hieß Piggy Sneed. Er roch schlimmer als alle Menschen, die ich je gerochen habe, ausgenommen vielleicht einen toten Mann, der mir mal in Istanbul in die Nase stach. Und man mußte schon tot sein, um für uns Kinder der Front Street schlimmer auszusehen als Piggy Sneed. Es gab so viele Gründe, ihn »Piggy« zu nennen, daß ich mich frage, warum keinem von uns ein originellerer Name einfiel. Zunächst einmal lebte er, wie sein Spitzname schon sagt, in einer Schweinemästerei. Er zog Schweine groß, er schlachtete Schweine; mehr noch, er lebte mit Schweinen – es war bloß eine Schweinemästerei, ein Farmhaus gab es nicht, nur einen Stall. Es gab nur ein einziges Ofenrohr, das in eine der Boxen mündete. Diese Box wurde zu Piggys Behaglichkeit mit einem Holzofen geheizt – und im Winter, so stellten wir Kinder uns vor, drängten sich seine Schweine wärmesuchend um ihn. Er roch jedenfalls so.

Wegen seiner ungewöhnlichen Zurückgebliebenheit und der Nähe seiner vierbeinigen Freunde hatte er außerdem gewisse schweinsartige Ausdrucksformen und Gesten angenommen. Wenn er sich den Abfalltonnen näherte, war sein Gesicht immer so weit vorn, daß es aussah, als wühle er hungrig in der Erde herum; er plinkte mit den kleinen roten Augen; seine Nase zuckte so lebhaft wie eine Schnauze; im Genick saßen dicke rosa Wülste – und die blassen Borsten, die kreuz und quer auf seinem Kinn sprossen, waren nie und nimmer ein Bart. Er war klein, untersetzt und stark – er hievte sich die Abfalltonnen auf den Rücken und schleuderte ihren Inhalt auf die hölzerne, lattenflankierte Ladepritsche. Auf dem Laster warteten immer ein paar Schweine gierig auf die Abfälle. Vielleicht nahm er an verschiedenen Tagen verschiedene Schweine mit; vielleicht war es was Besonderes für sie – sie mußten nicht zu Hause auf das Essen warten, bis er mit dem Abfall angefahren kam. Er nahm nur Küchenabfälle mit – keinen Papier-, Plastik- oder Metallmüll –, und alles bekamen seine Schweine. Mehr tat er nicht; seine Tätigkeit war sehr exklusiv. Er wurde dafür bezahlt, die Abfälle abzuholen, die er an seine Schweine verfütterte. Wenn er Hunger bekam, stellten wir uns vor, aß er ein Schwein. »Ein ganzes Schwein auf einen Sitz«, hieß es bei uns auf der Front Street. Aber das *Schweineligste* an ihm war, daß er nicht sprechen konnte. Seine Zurückgebliebenheit hatte ihm entweder die menschliche Sprache genommen oder ihn von Anfang an der Möglichkeit beraubt, sie überhaupt zu lernen. Piggy Sneed sprach nicht. Er grunzte. Er quiekste. Er *oinkte* – das war seine Sprache; er lernte sie von seinen Freunden, so wie wir unsere lernen.

Wir Kinder von der Front Street pirschten uns immer an, wenn er die Abfälle auf seine Schweine niederregnen ließ. Wir lauerten ihm hinter Hecken auf, unter Verandas, hinter geparkten Autos, in Garagen und Kellerlöchern. Wir sprangen auf ihn los (wir kamen ihm nie zu nahe) und quieksten: »Piggy! Piggy! Piggy! Piggy! OINK! QUIIIEK!« Und wie ein Schwein – panisch, blindlings schlingernd, bodenlos erschrocken (er erschrak jedesmal wieder, als ob er kein Gedächtnis hätte) –, so quiekte Piggy Sneed zurück, als hätten wir ihn mit dem Schlachtmesser abgestochen.

Ich kann seine Laute nicht nachahmen; sie waren gräßlich, wir Front-Street-Kinder kreischten, rannten weg und versteckten uns. Wenn unser Entsetzen abgeklungen war, konnten wir es gar nicht erwarten, daß er wiederkam. Er kam zweimal die Woche. Was für ein Luxus! Und meine Großmutter bezahlte ihn etwa jede Woche. Sie ging nach hinten hinaus, wo sein Laster stand – wo wir ihn oft gerade erst erschreckt und schnaubend zurückgelassen hatten –, und dann sagte sie: »Guten Tag, Mr. Sneed!«

Piggy Sneed wurde sofort kindisch – täuschte Geschäftigkeit vor, gebärdete sich übertrieben schüchtern und unerträglich tolpatschig. Einmal versteckte er das Gesicht in den Händen, doch an seinen Händen klebte Kaffeesatz; einmal, als er versuchte, sein Gesicht von Großmutter abzuwenden, stolperte er so plötzlich, daß er ihr vor die Füße fiel.

»Schön, Sie zu sehen, Mr. Sneed«, sagte Großmutter immer, ohne im mindesten vor seinem Gestank zurückzuweichen. »Ich hoffe, die Kinder sind nicht frech zu Ihnen«, sagte sie. »Sie müssen sich von ihnen keine Frechheiten gefallen lassen«, setzte sie noch hinzu. Und dann bezahlte sie ihn und spähte durch die Holzlatten der Ladepritsche, wo seine Schweine ungestüm über die neuen Abfälle herfielen – und manchmal auch übereinander –, und sagte dann: »Das sind aber schöne Schweine! Gehören die *Ihnen?* Sind das dieselben Schweine wie letzte Woche?« – Doch trotz ihrer Begeisterung für seine Schweine konnte sie Piggy Sneed nie eine Antwort entlocken. Er stolperte und strauchelte und wand sich um sie herum, konnte kaum seine Freude darüber verhehlen, daß meine Großmutter eindeutig eine gute Meinung von seinen Schweinen hatte, daß sie sogar (aufrichtig!) eine gute Meinung von ihm zu haben schien. Er grunzte ihr leise zu.

Wenn sie ins Haus zurückgegangen war, erschreckten wir Front-Street-Kinder ihn wieder, schossen auf beiden Seiten seines Lasters hervor und ließen Piggy samt der Schweine vor Angst quieken und schutzwütig schnauben.

»Piggy! Piggy! Piggy! Piggy! OINK! QUIIIEK!«

Er lebte außerhalb unseres Städtchens, in Stratham, an einer Straße, die zum Meer führte, das etwa acht Meilen entfernt war. Ich zog mit meinem Vater und meiner Mutter aus dem Haus meiner Großmutter (noch bevor ich sieben Jahre alt war, wie schon gesagt). Weil mein Vater Lehrer war, bezogen wir eine Dienstwohnung – Exeter war damals eine reine Jungenschule –, und deshalb wurde unser Abfall (zusammen mit unserem nichtorganischen Müll) von der Schule abgeholt.

Ich würde jetzt gerne behaupten, daß ich älter wurde und mit Bedauern die Grausamkeit von Kindern einsah und daß ich einer städtischen Organisation beitrat, die sich um solche Leute wie Piggy Sneed kümmerte. Doch das kann ich nicht. Der Kleinstadtkodex ist schlicht, aber umfassend: Sind viele Formen des Verrücktseins erlaubt, werden viele Formen der Grausamkeit ignoriert. Piggy Sneed wurde geduldet; er blieb weiterhin er selbst und lebte wie ein Schwein. Er wurde so geduldet, wie man ein harmloses Tier duldet; von den Kindern wurde er sogar dazu ermuntert, ein Schwein zu sein.

Mit dem Älterwerden begriffen wir Front-Street-Kinder natürlich, daß er geistig zurückgeblieben war – und allmählich erfuhren wir, daß er ein bißchen trank. Der Laster mit der Pritsche, der nach Schwein, Abfällen oder Schlimmerem als Abfällen stank, kurvte während all der Jahre, in denen ich groß wurde, durch die Stadt. Er durfte es, Platz zum Versauen bekam er – unterwegs nach Stratham. Also, das war eine Stadt, Stratham! Gibt es im Kleinstadtleben etwas Provinzielleres als die Neigung, über noch kleinere Städtchen die Nase zu rümpfen? Stratham war nicht Exeter (nicht daß Exeter etwa viel hergemacht hätte).

In seinem Roman *Der Fünfte im Spiel* schreibt Robertson Davies über die Städter von Deptford: »Wir waren ernsthafte Menschen, die in unserem Gemeinwesen nichts vermißten, und wir fühlten uns größeren Ortschaften gegenüber keinesfalls minderwertig. Auf Bowles Corners jedoch, das vier Meilen entfernt lag und eine Bevölkerung von einhundertfünfzig Personen zählte, blickten wir mit mitleidigem Lächeln herunter. In Bowles Corners zu leben, bedeutete für uns, rettungslos verbauert zu sein.«

Für uns Front-Street-Kinder war Stratham dieses Bowles Corners – es war »rettungslos verbauert«. Als ich mit 15 in die Academy eintrat – auf der es auswärtige Schüler gab, von New York, sogar aus Kalifornien –, fühlte ich mich über Stratham so erhaben, daß es mich nachträglich überrascht, daß ich damals der Freiwilligen Feuerwehr des Städtchens beitrat. Ich weiß nicht mehr, wie das kam. Ich glaube mich zu erinnern, daß Exeter keine Freiwillige Feuerwehr hatte; Exeter hatte wohl diese andere

Art von Feuerwehr. Es gab mehrere Einwohner Exeters, die Strathams »Freiwilliger« beitraten – in irgendeiner Freiwilligenorganisation mußte man schließlich sein. Vielleicht ging unsere Verachtung für die Strathamer so weit, daß wir glaubten, man könnte sich nicht einmal darauf verlassen, daß sie ihre eigenen Feuer anständig löschten.

Natürlich war auch ein gutes Stück Nervenkitzel mit dabei, zu wissen, daß man jederzeit und ohne Vorwarnung aus dem eintönigen Drill der Academy herausgerissen und irgendwohin abbeordert werden konnte, wo man gebraucht wurde – so ähnlich wie diese Art Einbrecheralarm, der im Herzen losgeht, wenn mitten in der Nacht das Telefon schrillt, oder der Piepser eines Arztes mitten in die friedliche Geborgenheit seiner schalldichten Squash-Halle hinein. Es erfüllte uns Kinder der Front Street mit einem Gefühl von Wichtigkeit; und als wir nur ein klein wenig älter waren, wurde uns eine Anerkennung zuteil, wie sie einem in jungen Jahren nur durch Katastrophen zufällt.

All die Jahre als Feuerwehrmann habe ich niemals irgendwen gerettet – ich habe nicht mal irgend jemandes Haustier gerettet. Ich habe nie Rauch eingeatmet, ich habe nie Verbrennungen erlitten, ich habe keine Menschenseele neben das Sprungtuch fallen sehen. Das höchste der Gefühle sind Waldbrände, und ich habe nur einen mitgemacht, und den auch nur am Rande. Das einzige Mal, daß ich »im Einsatz« verletzt wurde, geschah, als ein anderer Freiwilliger seine Pumpe ins Depot warf, in dem ich gerade meine Baseballmütze suchte. Die Pumpe traf mich voll ins Gesicht, und ich hatte danach drei Minuten lang

Nasenbluten. In Hampton Beach gab es manchmal Brände von einem gewissen Ausmaß (eines Nachts versuchte ein stellungsloser Saxophonist, der angeblich einen rosa Smoking trug, das Kasino niederzubrennen), doch zu Großbränden wurden wir immer als letzte Maßnahme gerufen. Die lokalen Brände in Stratham waren entweder harmlose Versehen oder aussichtslose Sachen. Eines Nachts setzte Mr. Skully, der Gas- und Stromableser, seinen Kombi dadurch in Brand, daß er Wodka in den Vergaser kippte, weil, wie er sagte, der Wagen nicht anspringen wollte. Ein andermal stand Grants Molkerei in Flammen, doch als wir eintrafen, war das Vieh mitsamt dem Heu bereits gerettet. Uns blieb nichts weiter zu tun, als zuzuschauen, wie der Kuhstall bis auf die Grundmauern niederbrannte, und die verkohlten Reste dann mit dem Schlauch abzuspritzen, um zu verhindern, daß das Bauernhaus daneben Feuer fing.

Doch die Stiefel, der schwere Schutzhelm mit der eigenen Nummer, der glänzende schwarze Mantel – die eigene Axt! –, das waren Freuden, denn sie repräsentierten so etwas wie Erwachsenenverantwortung in einer Welt, in der man uns immer noch für zu jung hielt, um Alkohol zu trinken. Und eines Nachts, ich war 16, brauste ich auf dem Feuerwehrauto über die Küstenstraße zu einem Brand in einem am Strand gelegenen Sommerhaus (der sich als Resultat einer von Kindern mittels Grillflüssigkeit herbeigeführten Rasenmäherdetonation entpuppte), und da blockierte unsere dringliche Mission – zickzackfahrend in seinem stinkigen Pritschenwagen und so ohne Rücksicht auf bürgerliche (oder sonst irgendeine) Verantwortung wie nur je ein Schwein – ein betrunkener Piggy Sneed, der mit den Abfällen für seine gefräßigen Freunde nach Hause unterwegs war.

Wir ließen die Lichthupe blinken, wir ließen die Sirenen heulen – ich frage mich jetzt, wovon er sich verfolgt glaubte. Gott, das rotäugige kreischende Monstrum in Piggy Sneeds Nacken, das große Roboterschwein des Universums und des Weltraums! Der arme Piggy Sneed, fast schon zu Hause und unmenschlich betrunken und stinkend, kurvte von der Straße runter, um uns Platz zu machen, und als wir ihn überholten – wir Front-Street-Kinder –, hörte ich uns rufen: »Piggy! Piggy! Piggy! Piggy! OINK! QUIIIEK!!« Meine Stimme hörte ich wohl auch dabei.

Wir klammerten uns am Feuerwehrauto fest und hatten die Köpfe nach hinten geworfen, so daß die Bäume über der schmalen Straße die Sterne mit schwarzer, fließender Spitze zu verschleiern schienen, und der Schweinemief wich dem beißenden Benzinfeuergestank des sabotierten Rasenmähers, und der wich schließlich dem reinen Salzwind vom Meer.

Als wir in der Dunkelheit zurückfuhren und am Schweinestall vorbeikamen, fiel uns der überraschend warme Schein der Kerosinlampe in Piggy Sneeds Box auf. Er war heil nach Hause gekommen. War er noch wach und las? fragten wir uns. Und noch einmal hörte ich unser Grunzen, unser Quieken, unser Oinken – unsere absolut tierische Art, mit ihm zu sprechen.

In der Nacht, als sein Schweinestall abbrannte, fielen wir aus allen Wolken.

Für Strathams Freiwillige Feuerwehrmänner war Piggy Sneeds Behausung immer eine unumgängliche, stinkende Ruine an der Straße zwischen Exeter und dem Strand gewesen, ein übelriechendes Wahrzeichen an warmen Sommerabenden. Fuhr man daran vorbei, erzeugte dies immer das obligatorische Gestöhn. Im Winter quoll der Rauch des Holzofens gleichmäßig aus dem Ofenrohr über Piggys Box, und in den Pferchen draußen stapften seine Schweine gewohnheitsmäßig in einer schmutzigen Schneesuhle und atmeten kleine Dampfwölkchen aus, so als wären sie lebende Öfen. Ein Sirenenstoß ließ sie auseinanderstieben. Wenn wir nachts vom Löschen irgendwelcher Feuer nach Hause fuhren, konnten wir der Versuchung nicht widerstehen, die Sirene losjaulen zu lassen, wenn wir an Piggy Sneeds Behausung vorbeikamen. Die Vorstellung von dem Schaden, den dies Geräusch anrichtete, war allzu verlockend: Panik unter den Schweinen, Piggy selbst in Panik, alle drängen sich schnaubend und quieksend aneinander, suchen den Schutz der Herde.

In der Nacht, als Piggy Sneeds Behausung abbrannte, malten wir Front-Street-Kinder uns ein ulkiges, wenn auch leicht verrücktes Spektakel aus. Wir fuhren mit voller Beleuchtung und Blaulicht und aufgedrehter Sirene die Küstenstraße auswärts – machten alle Schweine verrückt –, wir waren in Hochstimmung und erzählten uns jede Menge Schweinewitze: darüber, wie unserer Meinung nach das Feuer ausgebrochen war, daß sie ein Saufgelage veranstaltet hätten, Piggy und seine Schweine, und Piggy briet eines am Spieß und tanzte mit einer anderen Sau, und ein Schwein stieß rückwärts gegen den Holzofen, verbrannte sich den Schwanz und warf die Bar um, und die Sau, mit der Piggy in den meisten Nächten tanzte, hatte schlechte Laune, weil Piggy nicht mit ihr tanzte... Aber dann kamen wir dort an, und wir sahen, daß dieser Brand keine Party war; es war nicht einmal das Schwanzstück einer wüsten Party. Es war das größte Feuer, das wir Front-Street-Kinder und sogar die Veteranen von Strathams Freiwilliger Feuerwehr je gesehen hatten.

Die Blechdächer der flachen Schuppen, die an den Schweinestall angrenzten, schienen geborsten oder geschmolzen zu sein. Es gab nichts in dem Stall, das nicht brennen konnte – das Holz für den Holzofen, das Heu, die 18 Schweine und Piggy Sneed. Das viele Kerosin. In den meisten Koben des Schweinestalls lag der Mist mehrere Fuß hoch. Wie mir einer der Veteranen von Strathams Freiwilliger Feuerwehr erklärte: »Wenn du ihn heiß genug machst, dann brennt sogar Mist.«

Er war heiß genug. Wir mußten die Löschzüge weiter die Straße hinunter parken; wir befürchteten, der neue Lack oder die neuen Reifen würden Blasen werfen. »Sinnlose Wasservergeudung«, meinte der Hauptmann zu uns. Wir spritzten die Bäume auf der anderen Straßenseite; wir spritzten den Wald jenseits des Schweinestalls. Es war eine windstille, bitterkalte Nacht, der Schnee so trocken und fein wie Talkumpuder. Die Bäume bogen sich vor Eiszapfen und knackten, sobald wir sie abspritzten. Der Hauptmann beschloß, das Feuer ausbrennen zu lassen; die Sauerei würde sich so in Grenzen halten. Es wäre vielleicht dramatischer, wenn wir behaupten könnten, wir hätten Quieken gehört, zu behaupten, wir hätten die Eingeweide der Schweine anschwellen und explodieren hören und davor das Hämmern ihrer Hufe gegen die Stalltüren. Doch als wir eintrafen, waren diese Geräusche vorbei; sie waren Geschichte; wir konnten sie uns bloß vorstellen.

Das ist eine Lektion für einen Schriftsteller: zu lernen, daß die Geräusche, die wir uns vorstellen, die deutlichsten, lautesten überhaupt sein können. Bis wir eintrafen, waren sogar die Reifen von Piggys Laster geplatzt, war der Benzintank explodiert, die Windschutzscheibe eingestürzt. Weil wir diese Ereignisse nicht miterlebt hatten, konnten wir über die Reihenfolge, in der sie sich ereignet hatten, nur Vermutungen anstellen.

Wenn man zu nah am Schweinestall stand, kräuselte einem die Hitze die Wimpern, und die Flüssigkeit unter den Lidern brannte sengend heiß. Stand man zu weit weg, schnitt einem der Frost der Winternachtluft, die von den Flammen angesogen wurde, in die Knochen. Die Küstenstraße vereiste durch den Sprühwasserregen unserer Schläuche, und gegen Mitternacht schlitterte ein Mann mit dem Texaco-Abzeichen auf Mütze und Parka von der Straße und brauchte Hilfe.

Er war betrunken und in Begleitung einer Frau, die viel zu jung für ihn schien – oder vielleicht war es seine Tochter. »Piggy!« grölte der Texaco-Typ. »Piggy!« rief er in das Lodern. »Wenn du da drin bist, Piggy – du *Doofnuß* –, wird es verdammt Zeit, daß du rauskommst!«

Das einzige andere Geräusch bis etwa zwei Uhr früh war das gelegentliche Ächzen des sich krümmenden Blechdachs – wie es sich vom Stall loswand. Gegen zwei Uhr fiel das Dach ein; es hörte sich an wie ein Rascheln.

Um drei stand keine Mauer mehr. Der geschmolzene Schnee bildete rund um das Feuer herum eine Art See, der immer weiter anstieg, bis er endlich die verkohlten Überreste bedeckte; das Feuer wurde von unten gelöscht.

Und was rochen wir? Den Geruch eines in der Hitze röstenden Bauernhofs im Hochsommer, den konträren scharfen Geruch von Asche im Schnee, backendem Mist – den Hauch von Schweinebraten. Weil es windstill war und wir nicht versuchten, das Feuer zu löschen, erlitten wir keine Rauchvergiftung. Die Männer (das heißt, die Veteranen) ließen uns Jungens vor Morgengrauen eine Stunde lang auf die Sache aufpassen. Das tun Männer immer, wenn sie mit Jungens die Arbeit teilen: Sie machen das, wozu sie Lust haben, die Jungens sollen sich um das kümmern, wozu sie keine Lust haben. Die Männer gingen Kaffee trinken, sagten sie, doch beim Zurückkommen rochen sie nach Bier. Inzwischen war das Feuer soweit heruntergebrannt, daß man ans Löschen gehen konnte. Die Männer leiteten diesen Prozeß ein; als es ihnen langweilig wurde, gaben sie die Arbeit an uns Jungens weiter. Beim ersten Morgengrauen verschwanden die Männer wieder – zum Frühstück, sagten sie. In der Dämmerung konnte ich ein paar meiner Kameraden erkennen, die Front-Street-Kinder.

Als die Männer weg waren, fing eines von den Front-Street-Kindern damit an – ganz leise zuerst. Vielleicht war ich es. »Piggy«, rief einer von uns. Ein Grund, warum ich heute Schriftsteller bin, ist der, daß ich unser Bedürfnis von damals immer noch nachfühlen kann; ich habe mich nie dafür interessiert, was Nichtschreibende guten und schlechten Geschmack nennen.

»Piggy! Piggy! Piggy! Piggy! OINK! QUIIIEK!« riefen wir. Da begriff ich, daß Komik nur eine andere Form der Beileidsbezeugung ist. Und dann begann ich damit; mit meiner ersten Geschichte.

»Tja«, sagte ich – weil jeder von Strathams Freiwilliger Feuerwehr jeden Satz mit dem Wort »Tja« begann.

»Tja«, sagte ich. »Piggy Sneed ist nicht da drin. Er spinnt«, fügte ich hinzu, »aber so dämlich ist keiner.«

»Sein Laster ist da«, sagte eines der phantasielosesten Front-Street-Kinder.

»Er hatte die Schweine ganz einfach satt«, sagte ich. »Er hat die Stadt verlassen, ich weiß es. Er hatte das alles satt. Wahrscheinlich hat er es schon wochenlang geplant.«

Wunderbarerweise hörten sie mir zu. Zugegeben, es war eine lange Nacht gewesen. Jedem, der nur irgend etwas zu sagen gehabt hätte, hätten Strathams Freiwillige Feuerwehrmänner bereitwillig zugehört. Doch ich fühlte den Schauer einer nahenden Rettungsaktion – meiner ersten.

»Ich wette, da ist auch kein Schwein drin«, sagte ich. »Ich wette, er hat die Hälfte von ihnen aufgegessen – in wenigen Tagen. Vollgestopft hat er sich! Und den Rest hat er dann verkauft. Genau zu diesem Zweck hat er sich etwas Geld auf die hohe Kante gelegt.«

»Zu welchem Zweck?« fragte mich so ein Skeptiker. »Wenn Piggy nicht da drin ist, wo ist er dann?«

»Wenn er die ganze Nacht draußen war«, sagte ein anderer, »dann ist er erfroren.«

»Er ist in Florida«, sagte ich. »Im Ruhestand.« Ich sagte das ganz ruhig. Ich sagte das, als sei es eine Tatsache. »Seht euch doch mal um!« schrie ich sie an. »Wofür hat er sein Geld ausgegeben? Er hat sich einen Batzen gespart. Er hat seine eigene Bude angesteckt«, sagte ich, »bloß um uns das Leben sauer zu machen. Denkt nur mal dran, wie sauer wir *ihm* das Leben gemacht haben«, sagte ich, und ich sah, wie sich jeder Gedanken darüber machte; das zumindest stimmte. Ein Körnchen Wahrheit hat noch keiner Geschichte geschadet. »Tja«, schloß ich. »Er hat's uns heimgezahlt – das steht fest. Er hat uns die ganze Nacht herumstehen lassen.«

Dies stimmte uns Front-Street-Kinder nachdenklich, und in diesem nachdenklichen Moment begann ich meine erste Revision anzubringen; ich versuchte die Geschichte besser und glaubhafter zu machen. Das Wesentliche war natürlich, Piggy Sneed zu retten, aber was machte ein Mann, der nicht reden konnte, in Florida? Ich stellte mir vor, daß sie dort strengere Vorschriften hatten als wir in New Hampshire, besonders in bezug auf Schweine.

»Wißt ihr«, sagte ich, »ich wette, er konnte die ganze Zeit über reden. Er ist wahrscheinlich Europäer«, entschied ich. »Na, was ist denn das für ein Name, *Sneed?* Und das erste Mal aufgetaucht ist er hier während des Krieges, stimmt's? Ganz egal was seine Muttersprache ist, ich wette jedenfalls, daß er sie ziemlich gut kann. Er hat unsere bloß nie gelernt. Schweine waren wohl irgendwie problemloser. Vielleicht freundlicher«, setzte ich hinzu und dachte dabei an uns alle. »Und jetzt hat er genug gespart, um nach Hause zu fahren. Da ist er nämlich!« sagte ich. »Nicht in Florida – er ist nach *Europa* zurückgekehrt!«

»Ran an den Speck, Piggy«, jubelte jemand. »Aufgepaßt, Europa«, sagte irgendein besonders Witziger. Neidisch stellten wir uns vor, wie Piggy Sneed »rausgekommen« war – wie er der quälenden Kleinstadt-Einsamkeit (und den Kleinstadt-Phantasien) entkommen war, die uns allen drohten. Doch als die Männer zurückkamen, wurde ich konfrontiert mit der zweifelhaften Wertschätzung, welche die allgemeine Öffentlichkeit für Prosa zeigt.

»Irving denkt, Piggy Sneed ist in Europa«, sagte einer der Front-Street-Jungens zum Feuerwehrhauptmann.

»Das erste Mal ist er hier während des Krieges aufgetaucht, stimmt's, Sir?« fragte ich den Hauptmann, der mich anstarrte, als sei ich die erste Leiche, die aus diesem Feuer geborgen werden müßte.

»Piggy Sneed wurde hier geboren, Irving«, sagte der Hauptmann zu mir. »Seine Mutter war eine Schwachsinnige, sie wurde von einem Auto überfahren, das falschherum um den Musikpavillon kurvte. Piggy wurde in der Water Street geboren«, erzählte uns der Hauptmann weiter. Die Water Street, das wußte ich sehr wohl, mündete in die Front Street – gar nicht weit von zu Hause.

Also, dachte ich, war Piggy doch in Florida. In Geschichten muß man das Beste, was geschehen *kann*, geschehen lassen (oder das Schlimmste, wenn man das möchte), aber es muß dennoch wahr sein.

Als sich die Asche so weit abgekühlt hatte, daß man darauf gehen konnte, begannen die Männer nach ihm zu suchen; auf Entdeckung gehen war eine Sache für die Männer, weil sie interessanter war als Warten, das war Jungensarbeit.

Nach einer Weile rief mich der Hauptmann zu sich. »Irving«, sagte er. »Du denkst doch, daß Piggy Sneed in Europa ist, na dann wird es dir ja wohl auch nichts ausmachen, diese Bescherung hier wegzuschaffen.«

Es war keine große Anstrengung, diese eingeschnurrte Schlacke eines Menschen zu entfernen; ich tränkte eine Plane mit Wasser und zerrte den ungewöhnlich leichten Körper zuerst mit dem langen, dann mit dem kurzen Haken auf die Plane. Wir fanden auch alle 18 Schweine. Doch selbst heute noch kann ich ihn mir lebhafter in Florida vorstellen als in Gestalt dieses unglaublich kleinen Stücks Knochenkohle, das ich aus der Asche fischte.

Natürlich erzählte ich meiner Großmutter die reine Wahrheit, die öden Tatsachen eben. »Piggy Sneed ist letzte Nacht in diesem Feuer gestorben, Oma«, erzählte ich ihr.

»Armer Mr. Sneed«, sagte sie. Mit großer Verwunderung und Mitgefühl fügte sie hinzu: »Was für schreckliche Umstände ihn dazu gezwungen haben müssen, ein so wüstes Leben zu führen!«

Später wurde mir klar, daß beides die Aufgabe des Schriftstellers ist: sich die mögliche Rettung von Piggy Sneed auszudenken *und* das Feuer zu legen, das ihm zum Verhängnis werden wird. Erst viel später – noch bevor meine Großmutter in das Altenheim kam, als sie sich noch daran erinnerte, wer Piggy Sneed war – fragte mich Großmutter: »Warum, um Himmels willen, bist du Schriftsteller geworden?«

Ich war, wie gesagt, »ihr Junge«, und sie machte sich ehrlich Sorgen um mich. Vielleicht hatte sie ihr Studium der englischen Literatur davon überzeugt, daß der Beruf des Schriftstellers etwas Gesetzloses und Destruktives war. Und deshalb erzählte ich ihr alles über die Brandnacht, wie ich mir vorstellte, daß ich, hätte ich nur gut genug erfunden – hätte ich mir nur etwas genügend Wahrheitsgetreues ausgedacht –, daß ich (in gewisser Weise) Piggy Sneed hätte retten können. Zumindest für ein anderes Feuer – ein von mir entfachtes.

Nun, meine Großmutter ist ein Yankee – und Wellesleys älteste lebende Hauptfachstudentin der englischen Literatur. Ausgefallene Antworten, zumal ästhetischer Natur, sind nichts für sie. Ihr verstorbener Gatte – mein Großvater – war in der Schuhbranche tätig; er produzierte etwas, das die Leute wirklich brauchten: praktischen Schutz für ihre Füße. Trotzdem betonte ich vor Großmutter, daß mir ihre Freundlichkeit Piggy Sneed gegenüber nicht entgangen sei – und daß diese, zusammen mit der Hilflosigkeit von Piggy Sneed und der Brandnacht, die mich mit der möglichen Kraft meiner eigenen Phantasie bekannt gemacht hatte ... und so weiter. Meine Großmutter schnitt mir das Wort ab.

Mehr mitleidig als verärgert tätschelte sie mir die Hand, schüttelte den Kopf. »Lieber Johnny«, sagte sie. »Du hättest dir gewiß eine Menge Kopfschmerzen ersparen können, wenn du Mr. Sneed zu Lebzeiten nur mit etwas menschlichem Anstand behandelt hättest.«

Mangels dessen begreife ich, daß es Aufgabe des Schriftstellers ist, Piggy Sneed anzuzünden – *und* zu versuchen, ihn zu retten –, wieder und wieder, auf immer.

Innenräume

George Ronkers war ein junger Urologe in einer Universitätsstadt, und das war damals alles in allem eine recht lukrative Angelegenheit: Unwissenheit paarte sich mit Liberalität und zeugte unter Studenten wie Dozenten eine geradezu wunderbare Vielfalt von Geschlechtskrankheiten. Da hatte so ein Urologe alle Hände voll zu tun. Seine zahlreichen Patienten im Gesundheitszentrum nannten ihn liebevoll »Raunchy Ronk«. Seine Frau nannte ihn zärtlich »Raunch«.

Sie hieß Kit, hatte eine sehr humorvolle Art, mit Georges Arbeit umzugehen, und war außerdem sehr erfinderisch, wenn es darum ging, ein Gefühl von Geborgenheit zu schaffen. Sie stand kurz vor dem Abschluß in Architektur, hatte eine Assistentenstelle und leitete ein Seminar für Studienanfänger zum Thema »Innenräume«.

Hier war sie in ihrem Element. Für die ganze Inneneinrichtung bei den Ronkers zeichnete sie verantwortlich. Sie hatte Wände herausgerissen, Badewannen versenkt, Durchgänge mit Bögen versehen, Zimmer rund und Fenster oval gemacht – kurz gesagt, sie ging mit Räumen um, als wären sie nichts weiter als eine Illusion. »Der Trick dabei«, sagte sie immer wieder, »besteht darin, daß man nicht sieht, wo ein Zimmer endet und das nächste anfängt; das Konzept des *Zimmers* zerstört das Konzept des

Raums; im Raum gibt es keine Grenzen...« Und so weiter. Es war ihr Element.

George Ronkers spazierte durch sein Haus, als wäre es ein Park in einer fremden, aber faszinierenden Stadt. Raumtheorien interessierten ihn nicht die Bohne.

»Heute hatte ich ein Mädchen mit fünfundsiebzig Warzen«, sagte er. »Klarer Fall für einen Chirurgen. Weiß auch nicht, warum sie ausgerechnet zu mir gekommen ist, die wäre besser zuerst zu einem Gynäkologen gegangen.«

Das einzige auf dem Grundstück, für das George sich zuständig fühlte, war der große, prächtige Schwarze Walnußbaum neben dem Haus. Kit hatte das Haus entdeckt; es hatte einem alten Österreicher gehört, dessen Frau kürzlich gestorben war. Kit hatte gemeint, es lasse sich ziemlich gut umbauen, da die Räume hoch genug seien. Doch für George hatte der Baum den Ausschlag gegeben. Er hatte zwei Stämme und sah eigentlich aus wie zwei Bäume, wie ein hohes, schlankes V. Die Schwarze Walnuß ist ein schlanker, eleganter, himmelstrebender Baum. Die Äste verzweigen sich etwa in Dachhöhe eines zweigeschossigen Hauses, und die Blätter sind klein und schmal und stehen sehr dicht beieinander; sie sind zartgrün und färben sich im Oktober gelb. Die Früchte haben eine zähe, gummiähnliche, blaßgrüne Haut und sind im Herbst so groß wie Pfirsiche. Dann wird die Haut dunkel, an manchen Stellen sogar schwarz, und die Nüsse fallen zu Boden. Eichhörnchen sind wild darauf.

Auch Kit liebte den Baum, aber noch lieber erzählte sie dem alten Mr. Kessler, was sie mit dem Haus vorhatte, wenn er erst einmal ausgezogen war. Kessler starrte sie bloß an und sagte ab und zu etwas wie: »Welche Wand? *Diese* Wand? Sie wollen *diese* Wand herausnehmen? Ach, und die *andere* auch? Tja... Aber wird die Decke halten? So...«

Und George erzählte Kessler, wie sehr ihm der Walnußbaum gefiel, und da machte Kessler die erste Bemerkung über ihren zukünftigen Nachbarn.

»Dieser Bardlong«, sagte Kessler. »Er will den Baum weghaben, aber ich hab auf sein Gerede nie viel gegeben.« George Ronkers versuchte, aus dem alten Kessler herauszubekommen, warum der Nachbar den Baum weghaben wollte, aber der Österreicher schlug plötzlich mit der flachen Hand auf die Wand neben sich und rief Kit zu: »Aber nicht *diese* Wand, bitte nicht! Die hat mir immer viel Freude gemacht.«

Sie mußten taktvoll sein. Keine weiteren Umbaupläne mehr, bevor Kessler ausgezogen war. Er zog in eine Wohnung in einem anderen Vorort, und aus unerfindlichen Gründen hatte er sich für diese Gelegenheit feingemacht: An seinem Filzhut steckte eine Feder, und unterhalb der Lederhosen leuchteten die faltigen, weißen Knie, und so stand er wie ein Tiroler Bauer neben seinen alten Truhen im sanften Frühlingsregen und sah zu, wie George und Kit die Möbel aus dem Haus trugen.

»Wollen Sie nicht lieber hineingehen, Mr. Kessler?« fragte ihn Kit, aber er blieb auf dem Bürgersteig vor seinem ehemaligen Haus stehen, bis alles auf dem Lastwagen verstaut war. Er betrachtete den Walnußbaum.

Dann, nach einem vertraulichen Klaps auf Kits Po, sagte

er abschließend: »Lassen Sie *diesen Mistkerl Bardlong* nicht den Baum absägen, okay?«

»Okay«, sagte Kit.

Im Frühling blieb George Ronkers morgens gern länger im Bett und sah zu, wie das Sonnenlicht durch das zartgrüne Laub seines Walnußbaums fiel. Licht und Schatten warfen mosaikartige Muster auf die Bettdecke. Kit hatte das Fenster vergrößert, damit man mehr von dem Baum sehen konnte; sie nannte das »den Baum einladen«.

»Ach, Raunch«, flüsterte sie, »ist er nicht wunderbar?«

»Ein herrlicher Baum.«

»Ich meine auch den *Raum*. Und das Fenster, das Schlafpodest...«

»*Podest?* Ich dachte, das wäre ein Bett.«

Ein Eichhörnchen kam auf einem Zweig ganz nah an ihr Fenster heran, so nah, daß sein Schweif über das Fliegengitter strich. Es zupfte an den jungen Nüssen, in Vorfreude auf den Herbst.

»Raunch?«

»Hmmm?«

»Erinnerst du dich noch an das Mädchen mit den fünfundsiebzig Warzen?«

»Allerdings.«

»*Wo* hatte sie die eigentlich?«

Und der *Mistkerl Bardlong* machte ihnen keinen Ärger. Den ganzen Frühling und den langen Sommer über rissen Arbeiter Wände heraus und vergrößerten Fenster, und die zurückhaltenden Bardlongs standen auf ihrem makellosen

Grundstück und lächelten über das Durcheinander, winkten aus der Ferne von Terrassen, tauchten unvermutet hinter einer Pergola auf – doch immer benahmen sie sich gutnachbarschaftlich, nickten dem jugendlichen Treiben ermunternd zu und steckten ihre Nase in nichts, was sie nichts anging.

Bardlong befand sich im Ruhestand. Er war *der* Bardlong. Wer sich mit Stoßdämpfern und Bremssystemen auskannte, dem war der Name ein Begriff. Im Mittleren Westen sah man seine großen Lastwagen mit der Aufschrift: BARDLONG BRINGT SIE ZUM STEHEN! und BARDLONG FEDERT AB!

Selbst im Ruhestand schien Bardlong imstande zu sein, alle Erschütterungen abzufedern, die von seinen neuen Nachbarn und ihren Umbauten ausgingen. Sein eigenes Haus war eine alte, efeuüberwucherte rote Backsteinvilla im georgianischen Stil, alles sehr geschmackvoll, mit grün gestrichenen Fensterläden. Zur Straße hin war das Haus quadratisch, mit schmalen, hohen Fenstern im Erdgeschoß zu beiden Seiten der Haustür, nach hinten hinaus dagegen sehr weitläufig, mit Laubengängen, Steingärten und sorgfältigst gestutzten Hecken, gepflegten Blumenbeeten und einem Rasen so dicht und kurz wie auf einem Golfplatz.

Das Haus nahm ein ganzes Eckgrundstück an der baumgesäumten Vorortstraße ein. Die Ronkers waren die einzigen Nachbarn der Bardlongs, und die beiden Anwesen waren durch eine niedrige Schiefermauer getrennt. Von den Fenstern im ersten Stock konnten George und Kit in den perfekt gepflegten Garten der Bardlongs hinabsehen; das Gestrüpp und das verfilzte Gras in ihrem eigenen Garten überragte um volle eineinhalb Meter den Deich, der offenbar Bardlong davor bewahren sollte, beim Harken und Stutzen von der Unordnung der Ronkers' überrollt zu werden. Die Häuser selbst standen ungewöhnlich nah beieinander, denn früher, bevor das Grundstück geteilt wurde, waren in dem Haus der Ronkers' die Dienstboten des Herrenhauses untergebracht gewesen.

An der Grenze, und zwar auf dem höhergelegenen Grundstück von George und Kit, stand der Walnußbaum. Wie war der alte Mr. Kessler bloß auf die Idee gekommen, Bardlong wolle den Baum weghaben? Vielleicht war es ein Sprachproblem gewesen, dachte Ronkers. Auch Bardlong mußte doch seine Freude an diesem Baum haben, der schließlich auch *seinen* Fenstern Schatten spendete und sich mit seiner stattlichen Höhe auch über *sein* Dach wölbte. Ein Arm des V reckte sich über Georges und Kits Haus, der andere über das von Bardlong.

Hatte der Mann vielleicht nichts übrig für ungestutzte, natürliche Schönheit?

Möglich. Doch den ganzen Sommer über beklagte sich Bardlong mit keinem Wort. Er werkelte, einen ausgebleichten Strohhut auf dem Kopf, im Garten herum, wobei ihm seine Frau oft zur Hand ging. Die beiden wirkten weniger wie die Bewohner des Hauses als vielmehr wie Gäste in einem eleganten Grandhotel. Was sie zur Gartenarbeit anzogen, war geradezu lächerlich formell – als besäße Bardlong nach seiner jahrelangen Tätigkeit als Besitzer einer Bremssystemefabrik nichts anderes als Büroanzüge. Er trug eine altmodische Anzughose mit Hosenträgern, dazu ein ebenso altmodisches Frackhemd und einen breitkrempigen Strohhut, der seine blasse, sommersprossige Stirn beschattete. Ein Sortiment übermäßig sportlicher, zweifarbiger Schuhe vervollständigte die Ausstattung.

Seine Frau – in einem sommerlichen Cocktailkleid und mit einem cremefarbenen Panamahut, der mit einem roten Seidenband an dem stahlgrauen Haarknoten in ihrem Nacken befestigt war – klopfte mit ihrem Gehstock die Terrassenfliesen ab, um zu prüfen, ob diese sich etwa zu lockern wagten. Ihr Mann folgte ihr mit einem Spielzeug-Handwägelchen voller Zement und einem Spachtel.

In den frühen Nachmittagsstunden setzten sie sich zum Mittagessen unter einen großen Sonnenschirm auf der hinteren Terrasse, wo die schimmernd weißen, gußeisernen Gartenmöbel standen. Sie stammten aus einer Zeit, in der es noch Jagdfrühstücke und Champagnerempfänge bei der Hochzeit der Tochter gegeben hatte.

Das einzige größere Ereignis, das in diesem Sommer über die Bardlongs hereinbrach, schien der Besuch ihrer erwachsenen Kinder und nicht so erwachsenen Enkel zu sein. Drei Tage voller Hundegekläff und Bälle, die die Billardtischsymmetrie des Gartens durcheinanderbrachten, schienen noch eine Woche später an den Nerven der Bardlongs zu zerren. Besorgt folgten sie den Kindern, versuchten abgeknickte Blumen wieder aufzurichten, spießten mit einem besonderen Gerät ein beleidigendes Kaugummipapier auf und setzten die Rasenplacken wieder ein, die der wild herumtobende Hund herausgerissen hatte, welcher den weichen Boden wie ein Football-Verteidiger umpflügen konnte und das auch tat.

Noch eine Woche nach dieser Familieninvasion saßen die Bardlongs erschöpft auf der Terrasse unter dem Sonnenschirm, zu zermürbt, um auch nur eine einzige Fliese abzuklopfen oder eine winzige, von Kinderhand abgerissene Efeuranke wieder am Spalier zu befestigen.

»Hey, Raunch«, flüsterte Kit, »Bardlong federt ab!«

»Bardlong bringt Sie zum Stehen!« las George auf den Lastwagen, die er in der Stadt sah. Doch niemals kam eines dieser unförmigen Fahrzeuge auch nur in die Nähe des frischgestrichenen Randsteins vor dem Haus der Bardlongs. Bardlong befand sich tatsächlich im Ruhestand. Und die Ronkers konnten nicht glauben, daß dieser Mann jemals anders gelebt haben könnte. Selbst wenn Bremssysteme und Stoßdämpfer sein täglich Brot gewesen waren – es war unvorstellbar, daß Bardlong etwas damit zu tun gehabt hatte.

Einmal hatte George einen pervers klaren und bösartigen Tagtraum. Darin fuhr, erzählte er Kit, ein riesiger »BARDLONG BRINGT SIE ZUM STEHEN!«-Lastwagen vor und kippte eine ganze Ladung in Bardlongs Garten: Der Wagen, dessen Ladetüren weit aufgerissen gewesen waren, hatte mit seinen Reifen den Rasen ruiniert und metallisch klappernde Ersatzteile ausgespuckt – Bremstrommeln und Bremssättel, den öligen Schleim von Bremsflüssigkeit und springende, hüpfende Stoßdämpfer, die die Blumenbeete plattwalzten.

»Raunch?« flüsterte Kit.

»Mmmh?«

»Waren die Warzen tatsächlich *in* ihrer Scheide?«

»Drinnen, draußen, drumherum...«

»*Fünfundsiebzig!* Mein Gott, Raunch, das kann ich mir gar nicht vorstellen.«

Sie lagen im Bett. Die Spätsommersonne, die am frühen Morgen kaum noch durch das dichte Laub des Walnußbaums vor dem Fenster drang, sprenkelte sie mit Lichtflecken.

»Weißt du, was mir am besten gefällt, wenn ich hier liege?« fragte George seine Frau. Sie kuschelte sich an ihn.

»Nein – sag's mir.«

»Der Baum«, sagte er. »Ich glaube, ich habe meine ersten sexuellen Erfahrungen in einem Baumhaus gemacht, und darum gefällt's mir hier oben besonders gut...«

»Du und dein blöder Baum«, sagte Kit. »Vielleicht liegt es ja auch an meiner *Raumgestaltung*, daß du den Baum so magst. Oder an *mir*«, sagte sie. »Und was ist das überhaupt für eine Geschichte? Ehrlich gesagt, kann ich mir nicht vorstellen, daß du in einem Baumhaus... Das hört sich eher wie eine Geschichte von einem deiner schmutzigen alten Patienten an.«

»Offengestanden: Es war ein schmutziger junger Patient.«

»Du bist schrecklich, Raunch. Mein Gott, fünfundsiebzig *Warzen*...«

»Eine Menge Arbeit – und dann an einer so heiklen Stelle...«

»Aber du hast doch gesagt, daß Tomlinson das gemacht hat.«

»Ja, schon, aber ich hab dabei *assistiert*.«

»Normalerweise machst du das aber doch nicht, oder?«

»Das stimmt, aber das war ja auch kein *normaler* Fall.«

»Du bist wirklich schrecklich, Raunch ...«

»Aus rein medizinischem Interesse, ich will mich doch auch weiterbilden. Man braucht eine Menge Paraffinöl, versetzt mit fünfundzwanzig Prozent Podophyllin. Die Kauterisierung ist eine ziemlich knifflige Sache ...«

»Ihr Scheißkerle«, sagte Kit.

Der Sommer neigte sich dem Ende zu, und nun, da die Studenten wieder in der Stadt waren, hatte Ronkers zuviel zu tun, um morgens lange im Bett liegen zu können. In allen Gegenden der Welt kann man sich eine erstaunliche Vielzahl von Krankheiten des Harn- und Genitalsystems einfangen, deren wachsende Verbreitung eine der Segnungen des Massentourismus ist und die sich jeden Sommer als vielleicht größter Importschlager des Landes erweisen.

Allmorgendlich standen die Studenten vor Georges Praxis Schlange. Die Sommerferien waren vorüber, die Arbeit hatte wieder begonnen, und die Probleme beim Pinkeln waren nicht mehr zu ignorieren.

»Das muß ich mir in Izmir geholt haben.«

»Mich interessiert mehr, an wen Sie es seitdem weitergereicht haben.«

»Das Problem ist, daß sie alle schon bei den ersten Symptomen ganz genau wissen, was sie sich da eingefangen haben – und meistens auch, von *wem*«, sagte George zu Kit. »Aber fast alle warten darauf, daß es wieder weggeht – geben es inzwischen fröhlich weiter, verdammt! –, und kommen erst zu mir, wenn sie es gar nicht mehr aushalten.«

Dennoch war George seinen geschlechtskranken Patienten gegenüber sehr verständnisvoll und gab ihnen weder das Gefühl, gezeichnet zu sein, noch predigte er ihnen, dies sei die gerechte Strafe für ihre Sünden; vielmehr sagte er ihnen, sie sollten sich nicht schuldig fühlen, weil sie sich bei irgendwem mit irgendwas angesteckt hatten. Er legte ihnen jedoch eindringlich nahe, die Quelle der Ansteckung zu benachrichtigen – sofern sie noch wußten, wer es gewesen war. »Sie hat nämlich vielleicht keine Ahnung.«

»Wir haben keinen Kontakt mehr miteinander«, sagten sie dann.

George setzte nach: »Dann wird sie einen anderen anstecken, der wiederum . . .«

»Geschieht ihm recht!« riefen sie.

»Also, hören Sie«, bat George nun, »für *sie* kann das weit schlimmere Konsequenzen haben.«

»Dann rufen *Sie* sie doch an«, hieß es dann. »Ich geb Ihnen ihre Nummer.«

»Herrgott, Raunch!« schrie Kit. »Warum zwingst du sie nicht, sie anzurufen?«

»Wie denn?« fragte George.

»Sag ihnen, daß du sie sonst nicht behandelst. Sag ihnen, sie sollen pinkeln, bis sie schreien.«

»Dann würden sie zu einem anderen Arzt gehen. Oder mir einfach weismachen, sie hätten es der Frau gesagt –

obwohl sie es natürlich weder getan haben noch je tun werden.«

»Aber es ist doch idiotisch, daß *du* jede zweite Frau in dieser verdammten Stadt anrufen sollst.«

»Was mir auf die Nerven geht, sind eher die Ferngespräche«, sagte George.

»Du könntest ihnen wenigstens die Telefonkosten auf die Rechnung setzen.«

»Viele Studenten haben einfach nicht das Geld dazu.«

»Dann sag ihnen, daß du die Rechnung ihren Eltern schicken wirst.«

»Wir können's von der Steuer absetzen, Kit. Und außerdem sind es nicht alles Studenten.«

»Ich find's schrecklich, Raunch. Wirklich.«

»Wie hoch soll dieses verdammte Schlafpodest denn noch werden?«

»Ich möchte doch nur, daß du dich ein bißchen anstrengst, Raunch.«

»Ich weiß, aber eine *Leiter*...?«

»Na ja, aber es ist doch schließlich dein Lieblingsbaum, oder? Nach dem, was ich gehört habe, magst du so was. Und einer, der mich will, muß sportlich sein.«

»Wahrscheinlich werde ich irgendwann einen Unfall haben und bleibende Schäden davontragen.«

»Wen rufst du denn jetzt schon wieder an?«

»Hallo?« sagte er ins Telefon. »Spreche ich mit Miss Wentworth? – Ach so, *Mrs.* Wentworth... Tja, dann würde ich gern mit Ihrer Tochter sprechen, Mrs. Wentworth... – Sie haben keine Tochter? – Hmm. Tja, dann muß ich wohl doch mit *Ihnen* sprechen...«

»Oh, Raunch, wie *schrecklich!*«

»Hier ist Dr. Ronkers. Ich bin Urologe an der Universitätsklinik. – Ja, George Ronkers. Also ... – Ja, George. – Aha, *Sarah,* ja? – Also, Sarah ...«

Mit dem Ende des Sommers kam auch das Ende der Umbauten. Kit hatte die Schreinerarbeiten abgeschlossen und widmete sich wieder ihrem Seminar und der Korrektur der Hausarbeiten. Als die Arbeiter und ihr Werkzeug verschwunden waren und die herausgerissenen Wände nicht mehr in einem Haufen im Garten der Ronkers lagen, mußte für Bardlong offensichtlich sein, daß die Umbauarbeiten – wenigstens für dieses Jahr – beendet waren.

Der Walnußbaum stand noch. Vielleicht hatte Bardlong angenommen, er werde verschwinden, um einem Anbau Platz zu machen. Er konnte ja nicht wissen, daß seine Nachbarn die Innenräume ihres Hauses nach dem Prinzip »den Baum einladen« gestalteten.

Der Herbst rückte näher, und es wurde deutlich, worauf sich Bardlongs Abneigung gegen den Baum gründete. Der alte Mr. Kessler hatte recht gehabt. In der ersten kühlen, windigen Herbstnacht bekamen George und Kit eine Vorahnung davon. Sie lagen auf dem Schlafpodest. Rings um sie her rauschte der Baum und ließ seine gelben Blätter fallen, und dann hörten sie etwas, das wie eine Bowlingkugel klang, die das Dach hinunterrollte und in der Regenrinne liegenblieb.

»Raunch?«

»Das war eine *Walnuß!*« sagte George.

»Klang eher wie ein Stück vom Schornstein«, meinte Kit.

In dieser Nacht fuhren sie noch ein paarmal hoch: Wenn der Wind eine Walnuß losgeschüttelt oder ein Eichhörnchen glücklich Beute gemacht hatte, fiel sie – *Wums!* – aufs Dach und rollte dann – *Bollerbollerbollerboller-deng!* – in die Regenrinne.

»Die hat ein Eichhörnchen ins Verderben gerissen«, sagte George.

»Na ja«, sagte Kit, »jedenfalls kommt man nicht auf die Idee, es könnte ein Einbrecher sein. Dafür ist es zu laut.«

»Wie ein Einbrecher, der sein Brecheisen fallen läßt«, sagte George.

Wumm! Bollerbollerbollerboller-deng!

»Wie ein Einbrecher, den man vom Dach geschossen hat«, stöhnte Kit.

»Wir werden uns schon dran gewöhnen.«

»Ich fürchte nur, Bardlong hat sich nicht dran gewöhnt...«

Am nächsten Morgen fiel George auf, daß das Haus der Bardlongs ein Schieferdach hatte, das weit steiler war als seines. Er versuchte sich auszumalen, wie sich die Walnüsse wohl auf so etwas anhörten.

»Aber das Haus hat doch sicher einen Speicher«, sagte Kit, »der den Lärm dämpft.« George konnte sich nicht vorstellen, wie der Aufprall – und das anschließende Hinunterkollern – einer Walnuß auf einem Schieferdach auch nur entfernt »gedämpft« klingen konnte.

Mitte Oktober fielen die Walnüsse schon mit beängstigender Regelmäßigkeit. Der Gedanke an den ersten starken Novembersturm ließ George eine Art Terrorbombardement befürchten. Kit ging hinaus, um die Nüsse zusammenzurechen, und hörte, wie sich über ihr eine löste und durch das dichte Laubwerk fiel. Sie war geistesgegenwärtig genug, nicht hinaufzusehen – sie dachte an die häßliche Prellung zwischen den Augen und das dumpfe Krachen, mit dem ihr Hinterkopf auf dem Boden aufschlagen würde. Statt dessen ging sie, die Hände schützend über den Kopf gelegt, in die Knie. Die Walnuß verpaßte das dargebotene Rückgrat nur knapp und erwischte sie mit einem Nierenschlag. *Unk!*

»Das hat weh getan, Raunch!«

Ein strahlender Bardlong stand unter dem gefährlichen Baum und sah zu, wie George seine Frau tröstete. Kit hatte ihn vorher nicht bemerkt. Er trug einen Tirolerhut aus dickem Filz, an dem eine spillerige Feder steckte. Der Hut sah aus, als hätte er früher Mr. Kessler gehört.

»Den hat Kessler mir geschenkt«, sagte Bardlong. »Ich hatte ihn um einen *Helm* gebeten.« Breitbeinig stand er in seinem Garten und hielt seinen Rechen wie ein Baseballspieler, als wartete er nur darauf, daß der Baum ihm eine Nuß zuwarf. Er hätte keinen besseren Augenblick wählen können, um dieses Thema anzuschneiden: Kit hatte es erwischt, und die Tränen standen ihr noch in den Augen.

»Haben Sie mal gehört, wie es klingt, wenn so ein Ding auf ein Schieferdach fällt?« fragte Bardlong. »Ich werd Sie rufen, wenn mal wieder eine Ladung fällig ist. So gegen drei Uhr morgens.«

»Das ist tatsächlich ein Problem«, gab George zu.

»Aber es ist ein wunderschöner Baum«, verteidigte ihn Kit.

»Tja, das Ganze ist natürlich *Ihr* Problem«, sagte Bardlong lässig. »Wenn ich diesen Herbst wieder dieselben Schwierigkeiten mit der Regenrinne habe wie letztes Jahr, *könnte* es sein, daß ich Sie bitte, den Teil Ihres Baums, der über *unser* Grundstück ragt, zu entfernen – mit dem Rest können Sie natürlich machen, was Sie wollen.«

»Was für Schwierigkeiten mit der Regenrinne?« fragte George.

»Wird mit Ihrer wahrscheinlich nicht anders sein, da bin ich ...«

»Was meinen Sie denn eigentlich?« fragte Kit.

»Sie sind randvoll mit diesen blöden Walnüssen«, sagte Bardlong. »Und es regnet und regnet, und das Wasser kann nicht abfließen, weil die Regenrinne verstopft ist, und dann läuft sie über, und das Wasser fließt die Hauswand hinunter; die Fenster schließen nicht dicht, und der Keller steht unter Wasser. Das meine ich.«

»Oh.«

»Kessler hat mir einen Mop gekauft. Aber er war ja auch ein armer alter Ausländer«, sagte Bardlong vertraulich, »und man will ja nicht immer gleich gerichtliche Schritte einleiten. Sie wissen schon.«

»Ach so«, sagte Kit. Sie konnte Bardlong nicht leiden. Zwischen seiner lässigen Freundlichkeit und dem, was er sagte, bestand ebensoviel Verbindung wie zwischen der Stoßdämpferfabrik und den fein geflochtenen Spaliergittern in seinem Garten.

»Ach, ich finde es nicht weiter schlimm, ein paar Nüsse zusammenzurechen«, sagte Bardlong und lächelte. »Oder mitten in der Nacht aufzuwachen, weil offenbar gerade irgendwelche Störche auf meinem Hausdach eine Bruchlandung machen.« Er hielt inne und sah sie unter dem Hut des alten Mr. Kessler hervor durchdringend an. »Oder Schutzkleidung zu tragen«, fügte er hinzu und zog den Hut vor Kit, die beim Anblick seines mit blassen Sommersprossen gesprenkelten kahlen Schädels um das unverkennbare Geräusch raschelnder Blätter betete. Doch Bardlong setzte den Hut wieder auf. Oben löste sich eine Walnuß. George und Kit duckten sich und hielten sich die Hände über den Kopf, Bardlong dagegen zuckte nicht mit der Wimper. Mit erheblicher Wucht krachte die Nuß auf die Schiefermauer zwischen ihnen und brach mit einem dramatischen *Klack!* auf. Sie war so groß und hart wie ein Baseball.

»Im Herbst ist das ein ziemlich aufregender Baum, finde ich«, sagte Bardlong. »Meine Frau macht in dieser Jahreszeit natürlich keinen Schritt in seine Nähe – eine Gefangene in ihrem eigenen Garten, könnte man sagen.« Er lachte; in seinem Mund blitzten ein paar Goldkronen auf, die das florierende Geschäft mit Bremssystemen bezahlt hatte. »Aber das macht nichts. Schönheit kennt keinen Preis, und es ist tatsächlich ein wunderschöner Baum. Aber ein Wasserschaden«, sagte er, und sein Ton war mit einemmal völlig verändert, »ist auch ein tatsächlicher Schaden.«

George fand, daß Bardlong es schaffte, »tatsächlich« wie einen juristischen Fachausdruck klingen zu lassen.

»Und wenn Sie schon Geld ausgeben müssen, um die Hälfte des Baums absägen zu lassen, könnten Sie sich gleich überlegen, ob Sie ihn nicht ganz wegmachen lassen.

Wenn Ihr eigener Keller erst unter Wasser steht, werden Sie sehen, daß so was kein Witz ist.« Bardlong sprach »Witz« aus, als wäre es ein obszönes Wort; außerdem legte einem der Ton seiner Stimme nahe, sich zweimal zu überlegen, ob es überhaupt irgend etwas gab, was komisch war.

»Aber du könntest doch auf das Dach steigen«, sagte Kit, »und die Nüsse aus der Regenrinne fegen, Raunch.«

»Tja, für so etwas bin *ich* natürlich zu alt«, sagte Bardlong und seufzte, als wünschte er sich nichts sehnlicher, als auf sein Dach zu steigen.

»Du könntest doch auch auf Mr. Bardlongs Dach raufsteigen und die Nüsse aus der Regenrinne fegen, oder? Vielleicht einmal pro Woche, 's ist ja nur im Herbst?«

George warf einen Blick auf das hohe Dach, die glatte Schieferbedeckung, die starke Neigung. Schlagzeilen tauchten vor seinem geistigen Auge auf: ARZT STÜRZT VOM DACH! UROLOGE VON WALNUSS ERSCHLAGEN! KILLERBAUM BEENDET HOFFNUNGSVOLLE KARRIERE!

Nein, George hatte verstanden; es war nun an der Zeit, an den größeren Sieg zu denken, der in der Zukunft lag; er konnte nur halb gewinnen. Bardlongs Drohungen waren indirekt, doch er war offenbar ein Mann, der fest entschlossen war.

»Können Sie mir einen Baumchirurgen empfehlen?« fragte George.

»Raunch!« sagte Kit.

»Wir könnten den Baum in der Mitte durchsägen«, sagte George, ging mutig auf den zweistämmigen Baum zu und kickte mit dem Fuß die Bombensplitter der zerplatzten Walnüsse beiseite.

»Ich würde vorschlagen, hier«, sagte Bardlong eifrig. Zweifellos hatte er die Stelle schon vor Jahren berechnet. »Das Kostspielige an der Sache«, fügte er mit der berechnenden Härte des Stoßdämpferfabrikanten hinzu, »wird wahrscheinlich sein, die überhängenden Äste mit Seilen so wegzuziehen, daß sie nicht auf mein Dach fallen. (Ich hoffe, sie schlagen dir ein Riesenloch in dein Dach, dachte Kit.) Wenn Sie dagegen den ganzen Baum fällen lassen, können Sie sich Zeit und Geld sparen«, sagte Bardlong, »weil Sie das ganze Ding dann in diese Richtung, an der Mauer entlang, fallen lassen können. Sehen Sie? Bis zur Straße ist genug Platz...« Über ihnen breitete der Baum, dessen Höhe in Bardlongs Berechnungen offenbar eine feste Größe war, seine Äste aus. Ein Patient ohne Überlebenschance, dachte George, gleich von Anfang an.

»Ich möchte den Teil des Baums, der Ihr Haus nicht beschädigen kann, gern erhalten«, sagte er; seine Würde war gut gewahrt, seine Distanz kühl bemessen. Bardlong reagierte mit Respekt auf den geschäftsmäßigen Ton in seiner Stimme.

»Ich könnte das für Sie in die Wege leiten«, sagte Bardlong. »Ich meine, ich weiß eine gute Gartenbaukolonne.« Irgend etwas in dem Wort »Kolonne« ließ George an die Leute denken, die in Bardlongs Lastwagen durch die Gegend fuhren. »Wenn Sie das mir überlassen«, fuhr Bardlong in enervierend vertraulichem Ton fort, »kostet es Sie ein bißchen weniger...«

Kit wollte gerade loslegen, doch George kam ihr zuvor. »Das wäre sehr freundlich, Mr. Bardlong. Und was *unsere* Regenrinne betrifft, müssen wir einfach abwarten.«

»Wir haben nagelneue Fenster«, sagte Kit. »Da kommt kein Wasser rein. Und was macht schon ein bißchen Wasser im Keller? Mir ist das völlig egal, das kann ich Ihnen sagen ...«

George versuchte Bardlongs geduldiges und aufreizend verständnisvolles Lächeln zu erwidern. Es war ein Ja-ich-lasse-meine-Frau-auch-sagen-was-sie-will-Lächeln. Kit hoffte auf eine große Salve von Nüssen, ein Bombardement, das die beiden so grün und blau schlagen würde, wie sie es in ihren Augen verdienten.

»Raunch«, sagte sie später, »was ist, wenn der alte Mr. Kessler das sieht? Und er *wird* es sehen. Du weißt, daß er ab und zu vorbeikommt. Wie willst du ihm sagen, daß du den Baum verraten hast?«

»Ich hab ihn nicht verraten!« sagte George. »Ich hab gerettet, was zu retten war, indem ich dem drüben seine Hälfte zugestanden habe. Rechtlich hatte ich ihm nichts entgegenzusetzen. Das weißt du doch.«

»Aber was ist mit dem armen Mr. Kessler?« sagte Kit. »Wir haben's ihm doch versprochen.«

»Der Baum bleibt doch.«

»Der halbe Baum ...«

»Besser als nichts.«

»Aber was wird er von uns denken?« fragte Kit. »Er wird denken, daß wir finden, der Baum stört – genau wie Bardlong. Er wird denken, daß es nur noch eine Frage der Zeit ist, bis wir den Rest auch noch absägen lassen.«

»Aber der Baum stört ja auch wirklich, Kit.«

»Ich will bloß wissen, was du Mr. Kessler sagen wirst, Raunch.«

»Ich werde ihm gar nichts zu sagen brauchen«, erwiderte George. »Kessler liegt im Krankenhaus.«

Sie war wie vor den Kopf geschlagen. Für sie war Kessler immer ein Mann von bäuerlicher Unverwüstlichkeit gewesen. So jemand lebte doch einfach immer weiter. »Raunch?« sagte sie und war sich dessen jetzt weniger sicher. »Er wird aber wieder rauskommen, nicht? Und was wirst du ihm sagen, wenn er aus dem Krankenhaus kommt und nach seinem Baum sehen will?«

»Er wird nicht wieder rauskommen«, sagte George.

»Sag bloß nicht...«

Das Telefon klingelte. Gewöhnlich ließ er Kit die Anrufe entgegennehmen – sie konnte die weniger dringenden Fälle abwimmeln. Doch Kit war in Gedanken versunken; sie träumte mit offenen Augen vom alten Mr. Kessler mit seinen dünnen, unbehaarten Beinen, die in abgetragenen Lederhosen steckten.

»Ja, bitte?« sagte George in den Hörer.

»Dr. Ronkers?«

»Am Apparat.«

»Hier ist Margaret Brant.« George versuchte sich an den Namen zu erinnern. Eine junge Stimme.

»Ja...?«

»Sie haben im Wohnheim diese Nummer hinterlassen. Ich sollte Sie zurückrufen«, sagte Margaret Brant. Nun fiel es George wieder ein; er sah auf die Liste der Frauen, die er diese Woche benachrichtigen mußte. Ihre Namen standen neben denen ihrer infizierten Bettgenossen.

»Miss Brant?« sagte er. Kits Mund formte stumm die Worte: *Warum* kommt der alte Mr. Kessler nicht mehr aus dem Krankenhaus? »Kennen Sie einen jungen Mann namens Harlan Booth, Miss Brant?«

Miss Brant schien jetzt ebenfalls stumm zu sein, und Kit flüsterte laut: »Was hat er? Was fehlt ihm?«

»Krebs«, flüsterte er zurück.

»Ja. *Was?*« sagte Margaret Brant. »Ja, ich kenne Harlan Booth. Um was geht es denn eigentlich?«

»Er ist bei mir in Behandlung, Miss Brant. Wegen Gonorrhöe«, sagte George. Am anderen Ende rührte sich nichts. »Tripper?« sagte George. »Gonorrhöe? Harlan Booth hat Tripper.«

»Ich weiß, was das ist«, sagte Margaret Brant. Ihre Stimme war hart geworden; sie war mißtrauisch. Kit hatte sich abgewendet, so daß er ihr Gesicht nicht sehen konnte.

»Wenn Sie hier in der Stadt einen Gynäkologen haben, Miss Brant, sollten Sie ihn aufsuchen. Ich kann Ihnen Dr. Caroline Gilmore empfehlen. Sie hat ihre Praxis in der Universitätsklinik. Selbstverständlich könnten Sie auch zu mir kommen . . .«

»Wer sind Sie eigentlich?« fragte Margaret Brant. »Woher weiß ich, daß Sie Arzt sind? Irgend jemand hat für mich eine Telefonnummer hinterlassen. Ich habe nie irgendwas mit Harlan Booth zu tun gehabt. Soll das Ganze vielleicht irgendein blöder Witz sein?«

Schon möglich, dachte George. Harlan Booth war ein eitler, wenig hilfsbereiter Bursche, der auf die Frage, wen er angesteckt haben könnte, sehr spöttisch den Lässigen gemimt hatte. »Da fallen mir 'ne ganze Menge ein«, hatte er großspurig gesagt. Und George hatte ihm erst heftig zusetzen müssen, ehe er endlich wenigstens einen einzigen Namen herausgerückt hatte: Margaret Brant. Vielleicht eine Jungfrau, die er nicht mochte?

»Ich werde jetzt auflegen, und Sie können mich dann unter meiner Privatnummer anrufen«, sagte George. »Sie steht im Telefonbuch: Dr. George Ronkers. Sie werden feststellen, daß es dieselbe Nummer ist wie die, die Sie haben. Falls Sie ganz sicher sind, entschuldige ich mich für das Mißverständnis. Wenn es so ist, werde ich Harlan Booth anrufen und ein ernstes Wort mit ihm reden. Auf jeden Fall« – das war ein Versuchsballon – »sollten Sie auf etwaigen Ausfluß achten, besonders morgens beim Aufstehen, und sehen, ob Rötungen auftreten. Wenn Sie glauben, daß Sie sich angesteckt haben, können Sie natürlich einen anderen Arzt aufsuchen. Dann werde ich nichts davon erfahren. Aber sollten Sie irgendwelche Beziehungen zu Harlan Booth gehabt haben, Miss Brant, dann empfehle ich ...«

Sie legte auf.

»Krebs?« fragte Kit. Sie kehrte ihm noch immer den Rücken zu. »Was für ein Krebs?«

»Lungenkrebs«, sagte George. »Die Bronchoskopie war positiv. Sie brauchten nicht einmal zu operieren, um nachzusehen.«

Das Telefon klingelte wieder. Als George sich meldete, klickte es nur. Er hatte die leidige Angewohnheit, sich Leute, mit denen er bis dahin lediglich telefonischen Kontakt gehabt hatte, bildlich vorzustellen. Er stellte sich vor, wie Margaret Brant im Studentinnenwohnheim zuerst im Lexikon nachsah und anschließend mit Lampen und Spiegel hantierte und sich untersuchte. Was sind die Symptome? würde sie sich fragen. Danach vielleicht ein Gang hinüber in die Bibliothek, zu dem Regal mit medizinischen Nachschlagewerken. Oder – letzte Möglichkeit – ein Gespräch mit einer Freundin. Ein peinliches Telefongespräch mit Harlan Booth? Nein, das konnte George sich nicht vorstellen.

Kit untersuchte den blauen Fleck, den die Walnuß hinterlassen hatte, in dem fünfteiligen Spiegel, der an dem trichterförmigen Rauchfang über dem offenen Kamin in ihrem Schlafzimmer hing. Eines Tages, dachte er, werde ich noch vom Schlafpodest fallen, direkt ins Feuer, und brennend und schreiend im Schlafzimmer herumrennen und mich gleich fünfmal in diesem Spiegel sehen. Herrje.

»So eine Walnuß macht ganz schön große blaue Flekken«, sagte George schläfrig.

»Bitte nicht anfassen«, sagte Kit. Eigentlich hatte sie heute nacht ein ganz anderes Thema anschneiden wollen, doch der Schwung hatte sie verlassen.

Draußen strich der verurteilte Baum – der Amputationspatient – mit seinen Zweigen über die Fenster, wie eine Katze, die einem um die Beine streicht. In einem hohen Raum wie diesem ließ die Art, wie der Wind unter die Dachgaube fuhr, Schlaf wie etwas Riskantes erscheinen – als könnte das Dach plötzlich wegfliegen, so daß sie schutzlos daliegen würden. Die letzte Phase auf dem Weg zum perfekten Innenraum.

Nach Mitternacht wurde George zu einem Notfall in die Klinik gerufen. Eine alte Frau, deren gesamtes Urinalsystem er durch Schläuche und Beutel ersetzt hatte, war mit einem Nierenversagen eingeliefert worden – möglicherweise ihrem letzten. Fünf Minuten nachdem er das Haus verlassen hatte, klingelte das Telefon noch einmal. Eine Krankenschwester sagte, die Frau sei gestorben und es bestehe kein Grund mehr zur Eile.

George blieb zwei Stunden fort; Kit lag wach. Als er zurückkam, hatte sie ihm so viel zu sagen, daß sie nicht wußte, wo sie anfangen sollte, und so ließ sie ihn einschlafen. Sie hatte noch einmal darüber sprechen wollen, ob und wann sie Kinder haben sollten, doch die Nacht schien so angefüllt mit Chaos, daß ihr der Optimismus, den man bewies, wenn man Kinder haben wollte, völlig absurd vorkam. Statt dessen dachte sie an die kühle Ästhetik und die sparsame Beschränkung auf das Wesentliche, denen ihre Vorliebe auf dem Gebiet der Architektur galt.

Noch lange nachdem George eingeschlafen war, lag sie wach und lauschte auf das unablässige Reiben der Zweige und das unregelmäßige, splitternde Fallen der Walnüsse, die auf das Dach über ihnen prasselten und einfach in ihr Leben einbrachen wie der Krebs in das des alten Mr. Kessler oder der Tripper, den Margaret Brant sich möglicherweise geholt hatte.

Die Sprechstundenhilfe war noch nicht da, doch in Georges Praxis wartete bereits eine zartgliedrige junge Frau mit einer Joghurt-und-Weizenkeime-Haut, die kaum älter als achtzehn sein konnte. Sie trug ein teures, klassisch geschnittenes stahlgraues Kostüm, das auch zu ihrer Mutter gepaßt hätte, und um den Hals ein cremefarbenes, zart parfümiertes Tuch. George fand sie schön; sie sah aus, als wäre sie soeben von einer Jacht gestiegen. Er wußte natürlich, wer sie war.

»Margaret Brant?« sagte er und schüttelte ihr die Hand. Ihre Augen paßten zu ihrem Kostüm: ein unheimliches Morgendämmerungsgrau. Sie hatte eine vollendet geformte Nase, in deren Löchern sicher nie ein Härchen zu sprossen wagte.

»Dr. Ronkers?«

»Ja. Margaret Brant?«

»Natürlich«, seufzte sie. Sie musterte die Beinstützen an Georges Behandlungsstuhl mit bitterer Beklommenheit.

»Es tut mir sehr leid, Miss Brant, daß ich Sie anrufen mußte, aber Harlan Booth war nicht gerade das, was ich mir unter einem hilfsbereiten Patienten vorstelle, und darum dachte ich, es wäre zu Ihrem eigenen Besten, daß ich Sie benachrichtige. *Er* wollte das nämlich nicht tun.« Sie nickte und biß sich auf die Unterlippe. Geistesabwesend zog sie die Kostümjacke und die englischen Schnallenschuhe aus und trat zum Behandlungsstuhl mit den schimmernden Beinstützen, als wäre dieses Ding ein Pferd, von dem sie nicht wußte, wie sie es besteigen sollte.

»Wollen Sie mich untersuchen?« fragte sie und kehrte George dabei den Rücken zu.

»Entspannen Sie sich erst mal«, bat er sie. »Das Ganze ist nicht wirklich unangenehm. Haben Sie Ausfluß festgestellt? Oder irgendwelche Rötungen?«

»Ich hab gar nichts festgestellt«, sagte sie, und George merkte, daß sie den Tränen nahe war. »Es ist einfach unfair!« rief sie plötzlich. »Ich hab immer so aufgepaßt mit... Sex«, sagte sie, »und Harlan hab ich eigentlich gar nicht viel erlaubt. Ich *hasse* Harlan Booth!« schrie sie. »Ich wußte ja nicht, daß er was hat, sonst hätte ich ihm bestimmt nicht erlaubt, mich auch nur zu berühren!«

»Aber Sie haben's ihm erlaubt?« fragte George. Er war verwirrt.

»Mich zu berühren? Ja, er hat mich... berührt. Da unten..., Sie wissen schon. Und er hat mich geküßt, *oft*. Aber was anderes hab ich ihn nicht machen lassen!« rief sie. »Und er hat sich dabei ganz *schrecklich* benommen, und wahrscheinlich wußte er auch, daß er mich mit diesem *Zeug* ansteckt!«

»Sie meinen, er hat Sie bloß geküßt?« fragte George ungläubig.

»Na ja, ja. Und er hat mich berührt, Sie wissen schon«, sagte sie und errötete. »Er hat seine Hand in meinen Slip geschoben!« rief sie. »Und ich hab ihn gelassen!« Sie sank an einer der Beinstützen des Behandlungsstuhls zusammen. George trat zu ihr und führte sie sehr behutsam zu einem Stuhl neben seinem Schreibtisch. Sie schluchzte und hielt sich die kleinen, zartgliedrigen Fäuste vor die Augen.

»Miss Brant«, sagte Ronkers, »wollen Sie damit sagen, daß Harlan Booth Sie lediglich mit der Hand berührt hat? Sie hatten keinen richtigen Geschlechtsverkehr... Miss Brant?«

Sie sah ihn entsetzt an. »Du lieber Himmel, *nein!*« sagte sie. Sie biß sich in den Handrücken und starrte ihn mit wilden Augen an.

»Er hat Sie nur mit der Hand berührt... dort?« sagte George und strich über ihren Kostümrock.

»Ja«, sagte sie.

George nahm ihr schmales Gesicht in beide Hände und lächelte. Wenn es darum ging, andere zu trösten oder zu beruhigen, war er noch nie sehr gut gewesen. Die Leute schienen seine Gesten immer mißzuverstehen. Margaret Brant dachte anscheinend, er wolle sie leidenschaftlich küssen – ihre Augen wurden groß, sie setzte sich kerzengerade auf, und sie hob die Hände und versuchte ihn wegzuschieben.

»Margaret«, sagte George. »Wenn das alles war, können Sie gar keinen Tripper haben. Mir ist kein Fall bekannt, bei dem sich jemand eine Geschlechtskrankheit durch bloße Berührung mit der Hand zugezogen hätte.«

Sie hielt seine Handgelenke gepackt, als wollte sie sich daran festklammern. »Aber er hat mich doch auch *geküßt*«, sagte sie besorgt. »Mit seinem Mund«, fügte sie hinzu, um ihm ein plastisches Bild von dem Vorgang zu vermitteln.

George schüttelte den Kopf. Er trat hinter seinen Schreibtisch und suchte ein paar Merkblätter über Geschlechtskrankheiten zusammen. Sie sahen aus wie Broschüren, die in Reisebüros herumliegen, und enthielten viele Bilder von freundlich lächelnden Menschen.

»Harlan Booth wollte anscheinend, daß ich Sie in Verlegenheit bringe«, sagte er. »Wahrscheinlich war er wütend, weil Sie ihn nicht..., na ja, Sie wissen schon.«

»Dann brauchen Sie mich also nicht zu untersuchen?«

»Nein«, sagte George. »Ich bin sicher, das ist nicht nötig.«

»Ich bin nämlich noch nie untersucht worden«, sagte

Margaret Brant. George wußte nicht, was er darauf antworten sollte. »Ich meine, *sollte* ich mich mal untersuchen lassen, irgendwann mal? Nur um zu sehen, ob auch alles in Ordnung ist?«

»Tja, Sie könnten eine Routineuntersuchung machen lassen, von einem Gynäkologen. Ich kann Ihnen Dr. Caroline Gilmore von der Universitätsklinik empfehlen. Viele Studentinnen finden sie sehr sympathisch.«

»Und *Sie* wollen mich nicht untersuchen?« fragte sie.

»Äh, nein«, sagte George. »Das ist nicht nötig. Und für eine Routineuntersuchung sollten Sie zu einem Gynäkologen gehen. Ich bin Urologe.«

»Aha.«

Geistesabwesend betrachtete sie den Behandlungsstuhl und die wartenden Beinstützen. Schließlich zog sie sehr würdevoll die Kostümjacke wieder an. Mit den Schnallen ihrer Schuhe hatte sie schon etwas mehr Schwierigkeiten.

»Harlan Booth kann sich auf etwas gefaßt machen«, sagte sie plötzlich. In dem Piepsstimmchen lag eine erstaunliche Autorität.

»Es hat ihn doch bereits erwischt«, wandte George beschwichtigend ein. Doch aus dem zierlichen Persönchen war plötzlich eine gefährliche Frau geworden. »Bitte tun Sie nichts, was Sie später bereuen könnten«, begann George lahm. Aber ihre Nasenflügel waren gebläht, und ihre stahlgrauen Augen blickten entschlossen.

»Danke, Dr. Ronkers«, sagte Margaret Brant mit unterkühlter Contenance. »Ich weiß es sehr zu schätzen, daß Sie sich die Mühe gemacht und die Peinlichkeit auf sich genommen haben, mich anzurufen.« Sie schüttelte ihm die

Hand. »Sie sind ein sehr tapferer und *moralischer* Mann«, sagte sie, und es klang wie ein Ritterschlag.

Nimm dich in acht, Harlan Booth, dachte George. Margaret Brant verließ sein Sprechzimmer wie eine Frau, die sich auf den Behandlungsstuhl gesetzt hatte, um ihn zuzureiten – und der das gelungen war.

George rief Harlan Booth an. Er hatte keineswegs vor, ihn zu warnen – er wollte bloß ein paar Namen, die stimmten. Es dauerte so lange, bis Booth abnahm, daß George sich in einen ziemlichen Ärger gesteigert hatte, als er endlich ein verschlafenes »Hallo« hörte.

»Sie verdammter Lügner«, sagte George. »Ich will jetzt die Namen der Frauen, mit denen Sie tatsächlich geschlafen haben – der Frauen, die Sie angesteckt haben könnten oder bei denen Sie sich vielleicht angesteckt haben.«

»Ach, lassen Sie mich doch in Ruhe«, sagte Booth gelangweilt. »Wie fanden Sie denn die kleine Maggie Brant?«

»Das war eine Schweinerei«, antwortete George. »Ein unschuldiges junges Mädchen, Booth! Sie sind sehr gemein gewesen.«

»Eine hochnäsige Torte, eine reiche, eingebildete Zicke«, sagte Booth. »Hatten Sie auch kein Glück bei ihr?«

»Bitte, nennen Sie mir ein paar Namen. Seien Sie anständig, Booth. Sie müssen anständig sein.«

»Königin Elisabeth«, sagte Booth. »Tuesday Weld, Pearl Buck . . .«

»Schlechter Stil, Booth«, sagte George. »Seien Sie kein Schwein.«

»Bella Abzug, Gloria Steinem, Raquel Welch, Mamie Eisenhower...«

George legte auf. Mach ihn fertig, Maggie Brant! dachte er. Ich wünsch dir Glück!

Das Wartezimmer war voller Patienten. George betrachtete sie durch den Briefschlitz. Seine Sprechstundenhilfe sah das geheime Signal und ließ das Licht an seinem Telefon aufblinken.

»Ja?«

»Sie möchten bitte Ihre Frau anrufen. Soll ich die Leute noch einen Augenblick warten lassen?«

»Ja, bitte.«

Kit mußte den Hörer abgenommen und sofort an das offene Fenster gehalten haben, denn George hörte das unverkennbare Knurren einer Kettensäge (vielleicht waren es auch zwei).

»Also«, sagte Kit, »hier ist irgendeine Gartenbaukolonne. Hat Bardlong nicht gesagt, er würde uns eine *gute* Gartenbaukolonne herschicken?«

»Ja«, sagte George. »Was ist los?«

»Hier sind drei Männer mit Kettensägen und Helmen, auf denen ihr Name steht. Sie heißen Mike, Joe und Dougie. Dougie sitzt jetzt gerade ganz oben im Baum. Ich hoffe, er bricht sich seinen fetten Hals...«

»Kit, um Himmels willen, was ist los?«

»Raunch, das ist wahrscheinlich gar keine Gartenbaukolonne. Es sind Bardlongs Männer – sie sind mit einem von diesen verdammten BARDLONG BRINGT SIE ZUM STEHEN-Lastwagen gekommen. Und sie werden wahrscheinlich den ganzen Baum umbringen. Man kann doch nicht einfach Äste absägen, ohne hinterher dieses Zeug draufzuschmieren.«

»Zeug?«

»Diesen Teerschmand oder so«, sagte Kit. »Du weißt schon – dieses klebrige schwarze Zeug, das macht, daß der Baum heilt. Herrgott, Raunch, du bist schließlich Arzt, du mußt das doch wissen.«

»Ich bin kein Baumchirurg«, sagte George.

»Diese Männer sehen so aus, als hätten sie keine Ahnung, was sie da eigentlich machen. Sie haben überall Seile festgebunden und schaukeln daran hin und her, und ab und zu sägen sie einen Ast ab.«

»Ich werde Bardlong anrufen«, sagte George.

Doch das Licht an seinem Telefon blinkte. Er behandelte drei Patienten in rascher Folge und konnte so vier Minuten herausschinden. Er spähte durch den Briefschlitz, verhandelte mit der Sprechstundenhilfe und nahm sich drei Minuten für ein Telefongespräch mit Bardlong.

»Ich dachte, Sie wollten *Profis* holen«, sagte er.

»Diese Leute sind Profis«, erwiderte Bardlong.

»Stoßdämpferprofis«, sagte George.

»Nein, nein«, sagte Bardlong. »Dougie war früher bei einer Gartenbaufirma.«

»Spezialist für Walnußbäume wahrscheinlich.«

»Es ist alles in bester Ordnung«, sagte Bardlong.

»Jetzt weiß ich auch, warum es billiger ist«, sagte George. »Ich bezahle nämlich letzten Endes Sie.«

»Ich habe mich zur Ruhe gesetzt.«

Georges Telefonlicht blinkte wieder. Er wollte gerade auflegen.

»Machen Sie sich keine Sorgen«, sagte Bardlong. »Es ist alles in bester Ordnung.« In diesem Augenblick ertönte ein ohrenbetäubendes Krachen, das George vor Schreck den Aschenbecher auf dem Schreibtisch in den Papierkorb fegen ließ. Vom anderen Ende der Leitung hörte er ein splitterndes Geräusch. Irgendwie klang es nach Glas. Barocklüster, die auf dem Boden eines Ballsaals zerschellten? Mrs. Bardlong – oder jedenfalls eine alte Frau mit ähnlich schriller Stimme – schrie und kreischte.

»Um Gottes willen!« rief Bardlong. »Entschuldigen Sie mich«, fügte er hastig hinzu. Er legte auf, doch George hatte es deutlich gehört: splitterndes Holz, splitterndes Glas, das Jammern einer Kettensäge, die »in das Haus eingeladen« wurde. Er versuchte sich vorzustellen, wie Dougie, der Gartenbau-Fachmann, mit einem angeseilten Ast durch das große Erkerfenster der Bardlongs gefallen war und wie die Kettensäge weitersägte und sich durch die Samtvorhänge und das Sofa fraß. Mrs. Bardlong hatte, die alte Katze auf dem Schoß, wohl gerade die Zeitung gelesen, als ...

Doch die Sprechstundenhilfe ließ das Licht mit enervierender Regelmäßigkeit blinken, und George gab sich geschlagen. Er behandelte nacheinander ein vierjähriges Mädchen mit einer Blasenentzündung (kleine Mädchen bekommen so etwas leichter als kleine Jungen), einen achtundvierzigjährigen Mann mit einer vergrößerten und äußerst schmerzempfindlichen Prostata und eine fünfundzwanzigjährige Frau, die ihre ersten Blasenprobleme hatte. Er verschrieb ihr Azo Gantrisin, fand ein Verkaufsmuster dieser riesigen Tabletten, an denen ein Pferd hätte ersticken können, und gab es ihr. Eingeschüchtert von ihrer Größe, starrte sie die Tabletten an.

»Gibt es dafür etwas, äh, zum Einführen?«

»Nein, nein«, sagte George. »Die sind zur oralen Einnahme. Sie müssen sie schlucken.«

Das Telefonlicht blinkte. George wußte, daß es Kit war.

»Was ist passiert?« fragte er sie. »Ich hab's gehört.«

»Dougie hat den Ast *und* das Seil, mit dem sie den Ast vom Haus wegziehen wollten, durchgesägt«, sagte Kit.

»Wie schön!«

»Der Ast ist wie ein riesiges Billardqueue durch Bardlongs Badezimmerfenster geknallt...«

»Oh«, sagte George enttäuscht. Er hatte gehofft, das große Erker...

»Ich glaube, Mrs. Bardlong war im Badezimmer.«

Erschrocken über seine Schadenfreude, fragte George: »Ist jemand verletzt?«

»Dougie hat Mike in den Arm gesägt«, sagte Kit, »und Joe hat sich vermutlich den Knöchel gebrochen, als er vom Baum gesprungen ist.«

»Um Gottes willen!«

»Alles keine schweren Verletzungen«, sagte Kit. »Nur der Baum ist schrecklich zugerichtet. Sie haben die Arbeit nicht mal zu Ende gebracht.«

»Darum wird sich Bardlong kümmern müssen«, sagte George.

»Raunch«, sagte Kit, »ein Fotograf von der Zeitung war hier – die fahren immer mit, wenn irgendwo ein Krankenwagen gerufen wird. Er hat ein Foto von dem

Baum und Bardlongs Fenster gemacht. Hör zu, Raunch, ich meine es ernst: Kriegt Kessler mit dem Frühstück auch die Zeitung? Du mußt mit der Stationsschwester sprechen. Er darf dieses Bild nicht zu sehen bekommen, Raunch. Kümmerst du dich darum?«

»Ja«, sagte George.

Im Vorzimmer zeigte die Frau von eben der Sprechstundenhilfe die Azo-Gantrisin-Tabletten. »Er sagt, die soll ich *schlucken* ...« George ließ die Klappe vor dem Briefschlitz leise sinken. Er griff zum Hörer und drückte den Knopf, der ihn mit dem Vorzimmer verband.

»Halten Sie sie bei Laune«, sagte er. »Ich muß mal für zehn Minuten weg.«

Er schlich durch die Tür, die direkt zur Klinik führte, hinaus und ging durch die Notaufnahme, als eine Krankenwagenbesatzung einen Mann auf einer Bahre hereinrollte. Der Mann stützte sich auf seine Ellbogen; man hatte ihm einen Stiefel ausgezogen und den Fuß in Eisbeutel gepackt. Auf seinem Helm stand »Joe«. Der Mann, der neben der Bahre herging, hielt seinen Helm mit der Aufschrift »Mike« in der gesunden Hand. Die andere Hand hatte er an die Brust gedrückt; der Unterarm war voller Blut. Neben ihm ging ein Sanitäter, der seinen Daumen tief in die Beuge von Mikes Arm geschoben hatte. George hielt die beiden an und untersuchte die Wunde. Sie war nicht gefährlich, aber tief, mit ausgefransten Rändern und mit viel schwarzem Öl und Sägemehl verschmutzt. Etwa dreißig Stiche, schätzte George, aber immerhin blutete der Mann nicht allzu stark. Eine mühselige Wundreinigung und jede Menge Xylocain... Aber heute morgen war

Fowler der diensttuende Arzt in der Notaufnahme, und das alles ging George nichts an.

Er ging in die dritte Etage. Kessler lag auf Zimmer 339, einem Einzelzimmer. Wenigstens würde er beim Sterben ungestört sein. George fand die Stationsschwester, aber Kesslers Tür war offen, und der alte Mann konnte sie auf dem Gang stehen sehen; Kessler erkannte George, schien sich aber nicht zu erinnern, *woher* er ihn kannte.

»Kommen Sie herein, bitte!« rief er auf deutsch. Seine Stimme klang, als wäre sie mit einer Feile bearbeitet und dann mit Sandpapier abgeschliffen worden, bis sie verkratzter war als eine alte Schallplatte. »Grüß Gott!« rief er.

»Ich wollte, ich könnte ein bißchen deutsch«, sagte die Schwester.

George konnte ein bißchen. Er ging in Kesslers Zimmer und überprüfte kurz die Geräte, die den alten Mann am Leben hielten. Das Kratzen in Kesslers Stimme kam von der Levin'-Sonde, die durch die Kehle in den Magen führte.

»Guten Tag, Herr Kessler«, sagte George. »Wissen Sie, wer ich bin?« Kessler starrte ihn verwundert an; man hatte ihm das Gebiß herausgenommen, und sein Gesicht erinnerte in seiner Ledrigkeit und Schlaffheit eigentümlich an einen Schildkrötenkopf. Wie nicht anders zu erwarten, hatte er etwa sechzig Pfund abgenommen.

»Ach!« sagte Kessler plötzlich. »Das Haus gekauft? Sie ..., ja! Wie geht es? Hat Ihre Frau die Wände weggenommen?«

»Ja«, sagte George, »aber Sie würden es gut finden. Es ist sehr schön. Jetzt ist mehr Licht.«

»Und der Bardlong?« flüsterte Kessler. »Hat er den Baum gefällt?«

»Nein.«

»Sehr gut«, sagte Kessler. »Gut gemacht«, lobte er George. Kessler blinzelte mit seinen stumpfen, trockenen Augen, und als er sie wieder aufschlug, war es, als wäre er ganz woanders – irgendwo, in einer anderen Zeit. »Frühstück?« fragte er höflich.

George übersetzte für die Stationsschwester. Kessler bekam alle vier Stunden hundert Milligramm Demerol; mit dieser Dosis bleibt niemand ganz bei Sinnen.

Als George im Erdgeschoß aus dem Aufzug trat, verlangte eine Lautsprecherstimme nach »Dr. Heart«. An der Universitätsklinik gab es keinen Dr. Heart. »Dr. Heart« bedeutete, daß es einen Herzstillstand gab.

»Dr. Heart«, säuselte die Lautsprecherstimme, »bitte kommen Sie in Zimmer 304 . . .«

Jeder verfügbare Arzt war aufgefordert, sich auf dem schnellsten Weg in das angegebene Zimmer zu begeben. Es gab jedoch ein ungeschriebenes Gesetz, welches besagte, daß man langsam zum nächsten Fahrstuhl ging und darauf hoffte, irgendein Kollege werde schneller sein. George zögerte, und die Tür des Aufzugs schloß sich wieder. Er drückte den Rufknopf, aber der Aufzug war bereits auf dem Weg nach oben.

»Dr. Heart, Zimmer 304«, sagte die Stimme ruhig. Das war besser, als wenn sie geschrien hätte: »Einen Arzt! Einen Arzt für Zimmer 304! Um Gottes willen, beeilen Sie sich!« Das hätte die anderen Patienten und die Besucher nur beunruhigt.

Dr. Hampton kam den Gang hinunter auf den Aufzug zu.

»Haben Sie noch Sprechstunde?« fragte er.

»Ja«, antwortete George.

»Dann gehen Sie mal wieder in Ihre Praxis«, sagte Hampton. »Ich mache das schon.«

Der Fahrstuhl hatte im dritten Stock gehalten; es war anzunehmen, daß »Dr. Heart« inzwischen in Zimmer 304 angekommen war. George kehrte in seine Praxis zurück. Es wäre doch schön, Kit zum Abendessen auszuführen, dachte er.

Im ›Ming Dynasty‹ an der Route Six bestellte Kit sich Barsch süßsauer. George nahm das Rindfleisch in Hummersauce. Er war nicht ganz bei der Sache. Als sie in das Restaurant gekommen waren, hatte er im Fenster ein Schild gesehen, etwa fünfundzwanzig Zentimeter hoch und fünfzig Zentimeter breit – schwarze Schrift auf weißer Pappe. Es sah ganz normal aus, auch die Größe, eins von den Schildern eben, auf denen üblicherweise KELLNER GESUCHT oder ähnlich steht.

Nun, da er mit Kit anstieß, war George nicht ganz bei der Sache, weil ihm schlagartig bewußt wurde, was tatsächlich auf dem Schild geschrieben war. Er dachte, er habe es sich eingebildet, und ging noch einmal hinaus, um es sich genau anzusehen. Zu seinem Entsetzen hatte er es sich nicht eingebildet. Auf dem Schild in der unteren Ecke des Fensters, gut sichtbar für jeden, der das Restaurant betrat, klebte ein ordentlich beschriftetes Schild mit der Aufschrift: HARLAN BOOTH HAT TRIPPER.

»Na ja, das stimmt doch, oder?« sagte Kit.

»Ja, schon, aber das ist nicht das Entscheidende«, sagte George. »Irgendwie gehört sich das nicht. Ich meine, da *muß* einfach Margaret Brant dahinterstecken, und ich bin derjenige, der es ihr gesagt hat. So etwas muß vertraulich bleiben...«

»Ihr Scheißkerle«, sagte Kit. »Margaret Brant hat völlig recht! Wenn Booth ehrlich zu dir gewesen wäre, dann wäre die ganze Sache nicht passiert, das mußt du doch zugeben. Also ich finde, er hat's verdient.«

»Natürlich hat er's verdient«, sagte George. »Ich frage mich bloß, wo sie sonst noch Schilder aufgehängt hat.«

»Na, komm, Raunch, mach dir mal keine Sorgen.«

Doch George wollte es genau wissen. Sie fuhren zur Mensa. In der Eingangshalle studierte George die Anschläge am Schwarzen Brett.

70er BMW, wie neu...

Mitfahrer nach New York gesucht
(Fahrkostenbeteiligung),
Abfahrt Donnerstag, Rückfahrt Montag abend
Larry, Tel. 3514306

HARLAN BOOTH HAT TRIPPER

»Mein Gott.«

Sie fuhren zum Theater der Universität. Die Vorstellung hatte bereits begonnen, aber sie brauchten nicht auszusteigen, um das nächste Schild zu suchen: Ein Parkverbotsschild war ordentlich überklebt und mit der neuen Botschaft versehen worden. Kit bog sich vor Lachen.

Das ›Whale Room‹ war ein typisches Studentenlokal. Man ging dorthin, um abends noch ein Glas zu trinken oder Billard zu spielen und weil dort immer irgendeine junge Band auftrat. Es war eine laute, verrauchte Kneipe. George hatte jeden Monat ein paar Notrufe zu Patienten, deren Absturz im ›Whale Room‹ begonnen hatte.

Irgendwie hatte Margaret Brant es geschafft, das Herz des Barkeepers zu gewinnen. Über dem Spiegel hinter der Bar, über den schimmernden Flaschen, hing jetzt neben dem Schild SCHECKS WERDEN NICHT IN BAR EINGELÖST ein anderes mit dem George und Kit nun bereits hinlänglich bekannten Spruch. Die Gäste im ›Whale Room‹ waren gewarnt, daß Harlan Booth ansteckend war.

George befürchtete das Schlimmste und bestand darauf, daß sie an dem Studentinnenheim vorbeifuhren, in dem Margaret Brant wohnte – einem riesigen Gebäude, einem Wohnheim so groß und finster wie ein Gefängnis, und weit und breit kein Efeu. Über den Fahrradständern war im Licht der Straßenbeleuchtung ein gewaltiges, zusammengenähtes Bettuch zu erkennen, das über die ganze Front des Catherine-Cascomb-Wohnheims für Studentinnen gespannt war, quer unter sämtlichen Fenstern der zweiten Etage. Margaret Brant hatte viele Freundinnen, und diese waren offenbar ebenso empört wie sie. Die Bewohnerinnen der Zimmer im zweiten Stock zur Straße hin hatten jedenfalls weder mit Bettüchern noch mit Arbeit gespart und ihren Beitrag geleistet. Jeder Buchstabe war etwa einen Meter achtzig hoch und so breit wie ein Einzelbett.

»Großartig!« rief Kit. »Hervorragend! Gebt's ihm!«

»Alle Achtung, Maggie Brant«, flüsterte George ehrfürchtig. Doch er wußte, daß noch mehr kam.

Es war zwei Uhr morgens, als das Telefon klingelte, und er hatte das Gefühl, daß es nicht die Klinik war.

»Ja?« sagte er.

»Hab ich Sie geweckt?« fragte Harlan Booth. »Ich hoffe, ich hab Sie geweckt.«

»Hallo, Booth«, sagte George. Neben ihm setzte Kit sich auf. Sie sah frisch und munter aus.

»Pfeifen Sie Ihre Hexen zurück. Ich brauche mir das nicht gefallen zu lassen. Das ist Belästigung. Sie haben eine Schweigepflicht, aber ihr miesen Ärzte ...«

»Sie meinen die Schilder?« fragte George.

»Schilder?« sagte Booth. »Was für Schilder? Wovon reden Sie eigentlich?«

»Wovon reden *Sie* eigentlich?« fragte George verwirrt.

»Sie wissen ganz genau, wovon ich rede!« schrie Harlan Booth. »Alle halbe Stunde ruft irgendeine Torte mich an. Es ist zwei Uhr morgens, und alle halbe Stunde ruft mich eine Torte an. Und jedesmal eine andere, alle halbe Stunde. Sie wissen genau, wovon ...«

»Und was sagen sie?« wollte George wissen.

»Hören Sie schon auf!« schrie Harlan Booth. »Sie wissen genau, was sie sagen. Sachen wie: ›Wie geht's Ihrem Tripper, Mr. Booth?‹ oder: ›Na, Schätzchen – heute schon deinen Tripper weitergereicht?‹ Sie wissen ganz genau, was die sagen!«

»Kopf hoch, Booth«, sagte George. »Gehen Sie ein bißchen frische Luft schnappen. Machen Sie eine kleine Spazierfahrt, zum Beispiel zum Catherine-Cascomb-Wohnheim für Studentinnen. Da hängt ein wunderschönes Spruchband zu Ihren Ehren – das müssen Sie sich mal ansehen.«

»Ein Spruchband?«

»Und dann sollten Sie in den ›Whale Room‹ gehen und einen kippen«, sagte George. »Das wird Ihnen guttun.«

»Hören Sie«, schrie Booth. »Pfeifen Sie sie zurück!«

»Ich hab nichts damit zu tun, Booth.«

»Aber da steckt doch dieses kleine Miststück Maggie Brant dahinter, oder?«

»Ich bezweifle, daß sie allein dahintersteckt.«

»Ich kann Sie verklagen«, sagte Booth. »Wegen Verletzung der Privatsphäre. Ich könnte das in die Zeitung bringen, mich bei der Universitätsleitung beschweren über die Praktiken am Gesundheitszentrum. Sie haben kein Recht, gegen die Bestimmungen zu verstoßen.«

»Warum rufen Sie nicht einfach Margaret Brant an?« fragte George.

»Sie anrufen?«

»Und entschuldigen sich bei ihr?« fuhr George fort. »Sagen Sie ihr, daß es Ihnen leid tut.«

»Daß es mir *leid* tut?« rief Booth.

»Und dann kommen Sie zu mir und verraten mir ein paar Namen«, sagte George.

»Ich gehe zu jeder Zeitung im Bundesstaat.«

»Das würde ich zu gerne sehen, Booth. Die würden Sie in der Luft zerreißen...«

»Hören Sie . . .«

»Tun Sie sich was Gutes, Booth. Fahren Sie am Catherine-Cascomb-Wohnheim für Studentinnen . . .«

»Sie können mich mal!«

»Aber beeilen Sie sich. Vielleicht sind morgen schon die Stoßstangen-Aufkleber dran.«

»Stoßstangenaufkleber?«

»›Harlan Booth hat Tripper‹«, sagte George. »Das wird da drauf stehen . . .«

Harlan Booth knallte den Hörer auf die Gabel. Das Geräusch hallte noch langte in Georges Ohr wider. Das Krachen der Walnüsse auf dem Dach klang im Vergleich dazu fast sanft.

»Ich glaube, wir haben ihn«, sagte George zu Kit.

»›Wir‹?« fragte Kit. »Hört sich an, als würdest du bei der Kampagne mitmachen.«

»Genau«, sagte George. »Gleich morgen früh werde ich Margaret Brant anrufen und ihr von meiner Idee mit den Stoßstangenaufklebern erzählen.«

Doch Margaret Brant war auf solche Tips nicht angewiesen. Als George am nächsten Morgen zu seinem Wagen ging, stellte er fest, daß dieser hinten und vorn quer über die halbe Stoßstange einen nagelneuen Aufkleber trug. In dunkelblauer Schrift stand da auf hellgelbem Grund:

HARLAN BOOTH HAT TRIPPER

Auf dem Weg in die Klinik sah George noch mehr mit diesem Aufkleber geschmückte Autos. Einige standen an Tankstellen, und die Fahrer bemühten sich verbissen, die

Aufkleber zu entfernen. Das erwies sich jedoch als harte, schmutzige Arbeit. Und die meisten Leute hatten es anscheinend zu eilig, um sofort etwas zu unternehmen.

»Auf dem Weg durch die Stadt hab ich vierunddreißig davon gezählt«, sagte George, als er mit Kit telefonierte. »Und dabei ist es noch früh am Morgen.«

»Bardlong hat sich auch früh an die Arbeit gemacht«, sagte Kit.

»Was meinst du damit?«

»Er hat diesmal eine *richtige* Gartenbaukolonne kommen lassen. Richtige Baumchirurgen. Kurz nachdem du weg warst, sind sie gekommen.«

»Aha, richtige Baumchirurgen ...«

»Sie haben ebenfalls Helme und heißen Mickey, Max und Harv«, sagte Kit. »Und sie haben einen Rieseneimer von diesem schwarzen Heilzeug mitgebracht.«

»Dr. Heart«, unterbrach sie Georges Sprechstundenhilfe. »Dr. Heart, bitte Zimmer 339.«

»Raunch?«

Doch die Sprechstundenhilfe unterbrach noch einmal. Es war noch früh, und möglicherweise war noch kein anderer Arzt in der Klinik. Ronkers kam immer früh, oft Stunden vor seinem ersten Termin – offiziell, um seine Visite zu machen, in Wirklichkeit aber, um eine Weile allein in seinem Sprechzimmer sitzen zu können.

»Ich muß weg«, sagte er zu Kit. »Ich ruf dich später an.«

»Wer ist Dr. Heart?« fragte Kit. »Ein Neuer?«

»Ja«, sagte George, aber insgeheim dachte er: Nein, wahrscheinlich ist es ein Alter.

Er hatte sein Sprechzimmer verlassen und war in dem

Verbindungsgang zwischen der Klinik und den Arztpraxen, als die Lautsprecherdurchsage noch einmal kam und er die Zimmernummer erkannte: 339. Ihm fiel ein, daß das Kesslers Zimmer war. Die Schwestern sahen ihn kommen und hielten ihm die Türen auf. Die Türen gingen in alle Richtungen, öffneten sich zu allen möglichen Gängen, und die Schwestern sahen ihm alle ein bißchen enttäuscht nach, weil er nicht durch *ihre* Tür gegangen war, weil er nicht rechts, sondern links abgebogen war. Als er in Kesslers Zimmer trat, stand der Wagen mit den Wiederbelebungsapparaturen neben dem Bett, und Dr. Heart war bereits da. Es war Danfors, und der war – das wußte George – ein besserer Dr. Heart, als George es je sein würde. Danfors war Herzspezialist.

Kessler war tot. Klinisch gilt man als tot, wenn das Herz nicht mehr schlägt. Doch Danfors war bereits dabei, die Elektrodenplatten auf Kesslers Brust zu befestigen – der alte Mann würde gleich einen enormen Stromstoß bekommen. Ach ja, diese neuen Maschinen, staunte George. Einmal hatte er mit einer 500-Volt-Kardioversion einen Mann von den Toten zurückgeholt. Der Stromstoß hatte den Körper regelrecht im Bett springen lassen, und die Glieder hatten gezuckt – wie bei den Fröschen im Einführungskurs Biologie.

»Wie geht's Kit, George?« fragte Danfors.

»Gut«, sagte George. Danfors überprüfte die Natriumbikarbonat-Infusion. »Du mußt dir mal ansehen, was sie aus dem Haus gemacht hat. Und bring Lily mit.«

»Mach ich«, sagte Danfors und gab Kessler fünfhundert Volt.

Kesslers Kinn wurde an die Brust gepreßt, und seine Zähne waren fest zusammengebissen, aber dennoch brachte er ein gespenstisches Sichelmondlächeln zustande und stieß mit beachtlicher Lautstärke und Bestimmtheit einen Satz aus. Er war natürlich deutsch, was Danfors überraschte; wahrscheinlich hatte er nicht gewußt, daß Kessler Österreicher war.

»Noch ein Bier!« rief Kessler.

»Was hat er gesagt?« fragte Danfors George.

»Daß er noch ein Bier will«, übersetzte George.

Aber die Leitung war bereits unterbrochen. Kessler war wieder tot. Fünfhundert Volt hatten ihn zurückgeholt, doch er besaß nicht mehr genug Strom, um zu bleiben.

»Mist«, sagte Danfors. »Als die Klinik dieses Ding angeschafft hat, hab ich hintereinander drei Leute zurückgeholt, und da dachte ich, daß das der beste Apparat ist, den es gibt. Aber von den nächsten fünf hab ich vier verloren. Da stand es dann vier zu vier – das Ding ist eben einfach nicht hundertprozentig. Der hier ist jetzt der Tie-Break.« Danfors schaffte es, die Statistik des Wiederbelebungsapparats wie die eines sportlichen Absteigers klingen zu lassen.

George wollte Kit nicht jetzt sofort zurückrufen; er wußte, daß Kesslers Tod sie ziemlich mitnehmen würde. Aber bevor er selbst darüber hinwegkommen konnte, rief sie ihn an.

»Also…, was ich sagen wollte…« begann George.

»Raunch?« sagte Kit. »Kessler hat doch die Zeitung nicht gesehen, oder? Das Foto ist nämlich auf der Titelseite. Er hat es doch nicht gesehen, oder?«

»Er hat es ganz bestimmt nicht gesehen«, sagte George.

»Das ist gut«, sagte sie. Er hatte das Gefühl, daß sie noch etwas auf dem Herzen hatte, auch wenn sie jetzt schwieg. Er sagte ihr, er habe sehr viel zu tun und müsse zurück in die Praxis.

Als er sich in der Mittagspause in der Kantine der Klinik zu Danfors setzte, war er schlecht gelaunt. Noch während sie die Suppe aßen, rief die Lautsprecherstimme wieder freundlich nach Dr. Heart. Als Herzspezialist übernahm Danfors die meisten dieser Fälle, auch wenn ein anderer Arzt schneller am Aufzug war. Er stand auf und trank seine Milch mit ein paar schnellen Schlucken aus.

»Noch ein Bier!« sagte George auf deutsch.

Zu Hause hatte Kit – Gestalterin von Innenräumen und Anrufbeantworterin – Neuigkeiten für ihn. Erstens ließ Margaret Brant ihm ausrichten, sie habe die Harlan-Booth-Kampagne gestoppt, weil Booth sich bei ihr gemeldet und entschuldigt habe. Zweitens hatte Booth Kit eine ganze Liste mit Namen durchgegeben. »Die stimmen alle«, hatte er gesagt. Drittens war irgend etwas mit Bardlong und dem verdammten Baum. Die Baumchirurgen hatten ihn auf etwas aufmerksam gemacht, und Bardlong und seine Frau hatten auf ihrer Seite der Mauer den Boden unter dem Baum untersucht, als wollten sie einen neuen Schaden finden – oder als planten sie einen neuen Angriff.

Mißmutig ging George in den Garten, um sich diesem neuen Problem zu widmen. Bardlong kauerte auf dem Boden und spähte in die Ritzen zwischen den Schieferplatten seiner Gartenmauer. Suchte er nach Erdhörnchen?

»Nachdem die Männer so gute Arbeit geleistet hatten«, sagte Bardlong, »sind sie schließlich zu dem Ergebnis gekommen, daß sie besser den ganzen Baum gefällt hätten. Und das sind natürlich Profis. Ich fürchte, sie haben recht. Das ganze Ding hier wird einstürzen.«

»Warum?« fragte George. Er wehrte sich nach Kräften, mußte aber feststellen, daß seine Widerstandskraft erlahmt war.

»Es sind die Wurzeln«, sagte Bardlong. »Sie werden die Mauer zum Einsturz bringen. Die Wurzeln«, wiederholte er, als wollte er sagen: *Die Armeen! Die Panzer! Die Kanonen!* »Sie schieben sich durch die Ritzen in meiner Mauer.« Aus seinem Mund klang es, als wäre eine Verschwörung im Gange, als wären die Wurzeln dabei, einen Teil der Steine zu erwürgen und den Rest zu bestechen. Sie besetzten Schlüsselpositionen. Auf ein Kommando würden sie losschlagen und alles zum Einsturz bringen.

»Das wird aber sicher noch eine Weile dauern«, sagte George und dachte dabei, mit einer Gehässigkeit, die ihn überraschte: Das wird länger dauern, als du lebst, Bardlong!

»Sie sind schon dabei«, sagte Bardlong. »Ich bitte Sie wirklich nur sehr ungern, aber wenn die Gartenmauer einstürzt...«

»Dann können wir sie ja wieder aufbauen«, sagte George. Ah, der Arzt in ihm!

Bardlong schüttelte den Kopf. George fühlte sich ihm gegenüber so hilflos wie gegenüber Kesslers Krebs. Er wußte, daß der Tag nicht mehr fern war, in dem Bardlong seiner Hoffnung Ausdruck verleihen würde, keine »juristischen Schritte« unternehmen zu müssen. George fühlte sich zu erschöpft, um sich *irgend etwas* zu widersetzen.

»Es ist ganz einfach«, sagte Bardlong. »Ich will meine Mauer behalten und Sie Ihren Baum.«

»Mauern kann man wieder aufrichten«, sagte George, wenn auch ohne Überzeugung.

»Ich verstehe«, sagte Bardlong. Was meinte er damit? Es war wie der 500-Volt-Stromstoß, den Kessler bekommen hatte: Er tat ganz offensichtlich seine Wirkung – und blieb gleichzeitig vollkommen wirkungslos. Während er bedrückt zurück ins Haus ging, überlegte George, welche Wirkung fünfhundert Volt wohl auf Bardlong haben würden – wenn man ihn für etwa fünf Minuten daran anschloß.

Er stellte sich auch folgende bizarre Szene vor: Bardlong erschien in Georges Sprechzimmer, sah verlegen zu Boden und sagte: »Ich habe, äh, die Bekanntschaft einer, äh, Dame gemacht, die offenbar nicht ganz, äh, gesund war.«

»Mr. Bardlong, wenn es Ihnen ein peinliches Gespräch ersparen würde«, hörte George sich in Gedanken sagen, »könnte ich es auf mich nehmen, die, äh, Dame davon in Kenntnis zu setzen, daß sie einen Arzt aufsuchen sollte.«

»Das würden Sie tun?« würde Bardlong erleichtert ausrufen. »Oh, ich würde ..., ich würde, äh, Sie dafür bezahlen! Nennen Sie Ihren Preis!«

Und dann würde George ihn haben. Wie eine Raubkatze würde er sich auf ihn stürzen. »Wie wär's mit dem Walnußbaum?«

Aber solche Dinge passierten nicht, das wußte George.

Solche Dinge waren wie die Geschichten über zurückgelassene Hunde, die von Vermont quer durch ganz Amerika bis nach Kalifornien liefen und nach Monaten mit blutenden Pfoten schwanzwedelnd bei ihrer Familie ankamen. Diese Geschichten waren deshalb so beliebt, weil sie sich so angenehm von dem abhoben, was, wie jedermann wußte, der Normalfall war. Normalerweise wurde das Tier in Massachusetts von einem Buick überfahren oder war – schlimmer noch – froh und glücklich, ein freies, ungebundenes Leben in Vermont leben zu dürfen.

Und wenn Bardlong je in Georges Sprechzimmer kommen würde, dann weil sich irgendein vollkommen respektables Altersgeschwür in seiner Prostata festgesetzt hatte.

»Kessler ist gestorben, Kit«, sagte George. »Herzstillstand, das hat ihm Schmerzen erspart. Er hätte sich sehr quälen müssen.«

Er hielt sie auf dem von ihr entworfenen wunderbaren Schlafpodest in den Armen. Draußen pochten die Zweige des dürren, gestutzten Baums an die Regenrinne wie feine Knöchelchen. Die Blätter waren verschwunden, und die wenigen Walnüsse, die noch an den Zweigen hingen, waren klein und verschrumpelt. Selbst die Eichhörnchen beachteten sie nicht, und wäre eine von ihnen auf das Dach gefallen, so hätte man es gar nicht bemerkt. Der Baum war winterkahl und hatte nichts weiter zu bieten als bizarre Schatten auf der Bettdecke und beunruhigende Geräusche in der Nacht – einen Kampf schien er kaum wert. Kessler war tot. Und Bardlong befand sich derart im Ruhestand, daß er es sich leisten konnte, mehr Zeit und Energie in Nebensächlichkeiten zu investieren als jeder, der den

Nerv gehabt hätte, sich mit ihm anzulegen. Die Mauer zwischen Ronkers und Bardlong schien tatsächlich schwach und brüchig.

In diesem Augenblick wurde George bewußt, daß er schon lange nicht mehr mit seiner Frau geschlafen hatte, und nun schlief er mit ihr auf eine Art, die ein Therapeut als »affirmativ« bezeichnet hätte. Und die ein Liebhaber, dachte George danach, »langweilig« genannt hätte.

Er betrachtete seine schlafende Frau. Sie war schön; ihre Studenten, vermutete er, interessierten sich nicht nur für Kits Fachgebiet. Und vielleicht würde sie sich eines Tages für sie interessieren – für einen von ihnen. Er fragte sich, warum er das dachte, und grübelte dann über das Interesse für die Röntgenassistentin nach, das in letzter Zeit in ihm erwacht war.

Doch diese Probleme schienen für Kit und ihn noch Jahre entfernt – nun ja, zumindest *Monate*.

Er dachte an Margaret Brants süße Rache; die Reife ihrer Vergebung überraschte ihn und machte ihm Mut. Und Harlan Booths Nachgeben? Ob er tatsächlich bekehrt oder bloß in die Ecke getrieben und in Wirklichkeit durch und durch verdorben war, konnte im Augenblick niemand sagen. George fragte sich, ob überhaupt irgend jemand jemals bekehrt war...

Danfors' Spiel »Wiederbelebung gegen Exitus« stand jetzt vier zu sechs. In was für einem Verhältnis stand das zu den Chancen, ein Kind zu zeugen? Insbesondere, was ein Kind für George und Kit betraf...? Und selbst wenn alle Eltern und Schuldirektoren der Welt in bezug auf Geschlechtskrankheiten so liberal und humor- und verständnisvoll waren wie im Fall einer Sportverletzung, würde es immer noch jede Menge Tripper auf der Welt geben – und Syphilis und Schlimmeres.

Kit schlief.

Die Zweige des kahlen Baums schlugen klackend an die Hauswand, ganz ähnlich wie dieser Sittich neulich im Zoo, erinnerte sich George. Wo, in welchem Zoo, war das bloß gewesen?

Einer Eingebung folgend, die, wie er sich eingestand, fast etwas von Resignation hatte, trat George ans Fenster und ließ den Blick über die mondbeschienenen Dächer der Vororte schweifen; viele davon sah er heute durch den winterlich kahlen Baum hindurch zum erstenmal, und tückisch flüsterte er all den Menschen, die dort unter ihren Dächern lagen, zu: »Viel Spaß!« Es war wie ein Segen, wenn auch ein unheiliger.

»Warum nicht Kinder haben?« sagte er laut. Kit bewegte sich, aber sie hatte ihn nicht gehört.

Fast schon in Iowa

Auf Entdeckungsfahrt zum Pfad der Tugend

Für den Fahrer war Reisen ein erprobtes Mittel zum Nachdenken, der Volvo dagegen war noch nie über Vermont hinausgekommen. Der Fahrer war ein gewissenhafter Reisender: Regelmäßig kontrollierte er den Ölstand und reinigte die Windschutzscheibe, und in der linken Brusttasche, neben einem Kugelschreiber, steckte sein eigener Reifendruckmesser. Der Kugelschreiber war für die Eintragungen ins Fahrtenbuch; dort wurden Dinge wie Benzinverbrauch, Straßengebühren und Fahrtzeit vermerkt.

Der Volvo wußte diese Sorgfalt des Fahrers zu schätzen; die Route 9 von Brattleboro nach Bennington war eine Strecke ohne Risiko. Als auf den Schildern die ersten Hinweise auf die Staatsgrenze von New York auftauchten, sagte der Fahrer: »Alles in Ordnung.« Der Volvo glaubte ihm.

Es war eine verstaubte, tomatenrote, zweitürige Limousine, Baujahr 1969, mit schwarzen Semperit-Gürtelreifen, serienmäßigem Vier-Gang-Schaltgetriebe, vier Zylindern, Doppelvergaser und 72 380 Kilometern Straßenerfahrung ohne Radio. Der Fahrer hatte das Gefühl, daß ein Radio sie beide nur ablenken würde.

Sie waren um Mitternacht in Vermont losgefahren.

»Sonnenaufgang in Pennsylvania!« sagte der Fahrer zum besorgten Volvo.

In Troy, New York, versicherte der Fahrer dem Volvo mit wiederholtem Herunterschalten und aufmunternder Stimme, daß sie dies binnen kurzem hinter sich haben würden. »Das ist bald vorbei«, sagte er. Der Volvo glaubte ihm. Manchmal muß man sich Illusionen hingeben.

Auf der fast leeren Zufahrt zum New York State Thruway Richtung Westen legte ein unschuldiger Volkswagen eine gewisse Unentschlossenheit an den Tag, welche Spur er nehmen sollte. Der Fahrer schob sich dicht hinter den Volkswagen und gestattete dem Volvo zu hupen; der Volkswagen zog, der Panik nahe, scharf nach rechts; der Volvo jagte links vorbei, setzte sich aggressiv dicht vor den Volkswagen und ließ die Bremslichter aufleuchten.

Danach ging es dem Volvo besser.

Der New York State Thruway dehnt sich stundenlang; der Fahrer wußte, daß Monotonie gefährlich ist. Darum verließ er den Thruway in Syracuse, machte einen langen Umweg über Ithaka, fuhr in weitem Bogen um den Lake Cayuga und kam bei Rochester wieder auf den Thruway. Die Landschaft hatte eine tröstliche Ähnlichkeit mit Vermont. Es roch nach reifen Äpfeln, und vor den Scheinwerfern fielen Ahornblätter zu Boden. Nur einmal sahen sie ein schockierendes, beleuchtetes Schild, das das Vertrauen des Volvos erschütterte. LEBENDE KÖDER! stand darauf. Auch beim Fahrer beschwor es beunruhigende Phantasien herauf, doch er wußte, daß es ansteckend sein konnte, wenn er seine Vorstellungen zu plastisch ausmalte. »Bloß kleine Würmer und so«, sagte er zum dahinschnurrenden Volvo. In seinem Kopf jedoch schlich der Gedanke an *andere* mögliche »lebende Köder« umher – eine Art Schreckmittel, das die Fische, anstatt sie zu verleiten, am Haken zu zupfen, aus dem Wasser scheuchen würde. Man brauchte bloß ein paar dieser Spezialköder ins Wasser zu werfen und dann die entsetzten, zappelnden Fische einzusammeln, die ans Ufer sprangen. Vielleicht war LEBENDE KÖDER! aber auch der Name eines Nachtclubs.

Der Fahrer empfand tatsächlich einige Erleichterung, als er zum Thruway zurückkehrte. Nicht jede Abzweigung von der Hauptstraße führte auch wieder zu ihr zurück. Doch der Fahrer tätschelte nur das Armaturenbrett und sagte: »Nicht mehr lange, und wir sind in Buffalo.«

Am Himmel war eine Art Licht, wie es nur Entenjäger und Marathonenthusiasten kennen. Der Fahrer hatte dieses Licht nur selten zu sehen bekommen.

Der Eriesee lag so still und grau da wie ein toter Ozean; auf der Pennsylvania Interstate waren nur die wenigen Frühaufsteher unterwegs, die zur Arbeit nach Ohio fuhren. »Laß dich von Cleveland nicht runterziehen«, sagte der Fahrer vorsorglich.

Der Volvo wirkte überaus gut in Form: Die Reifen waren kühl, das Öl reichte bis zur oberen Markierung des Peilstabs, das Batteriewasser war klar und reichlich vorhanden, und der Benzinverbrauch lag bei 10,6 Litern auf hundert Kilometern. Die zerfetzten Flügel und Insektenleichen auf Windschutzscheibe und Kühlergrill waren das einzige, was verriet, daß sie die ganze gräßliche Nacht hindurch gefahren waren.

Der Tankwart mußte kräftig mit der rauhen Seite des Schwamms reiben. »Haben Sie's noch weit?« fragte er den Fahrer, doch der zuckte nur mit den Schultern. Am liebsten hätte er geschrien: So weit, wie es nur geht! – doch der Volvo stand ja direkt neben ihm.

Man muß aufpassen, wen man mit dem, was man sagt, verletzen könnte. Der Fahrer hatte beispielsweise niemandem gesagt, daß er wegfahren wollte.

Sie wichen dem Lastwagenverkehr rings um Cleveland aus, bevor Cleveland sie in seine Klauen bekommen konnte; sie hatten das Gefühl, daß der morgendliche Stoßverkehr wütend war, sie knapp verpaßt zu haben. COLUMBUS – SÜDEN stand auf einem Schild, doch der Fahrer schnaubte verächtlich und bog vom Ohio Freeway auf die Schnellstraße in Richtung Westen ab.

»Deine Krabben in Eiswasser kannst du behalten, Columbus«, sagte er.

Wenn man eine Nacht voller gut beherrschter Spannung hinter sich hat und am Morgen mit dem Gefühl unterwegs ist, im Gegensatz zu allen anderen einen fliegenden Start zu haben, kann man auf den Gedanken kommen, man könnte sogar Ohio schaffen – selbst Toledo erscheint einem nur eine kurze Sprintstrecke entfernt.

»Mittagessen in Toledo!« verkündete der Fahrer verwegen. Der Volvo erschauerte leicht bei hundertfünfundzwanzig, ging mühelos auf hundertdreißig und bekam den berühmten »zweiten Atem«. Sie hatten die Sonne im Rükken und genossen den Anblick des untersetzten, vor ihnen fliehenden Schatten des Volvos. Sie hatten das Gefühl, als könnten sie dieser Vision bis nach Indiana folgen.

Die Gefühle am frühen Morgen gehören zu den Illusionen, denen wir uns hingeben müssen, wenn wir je irgend etwas schaffen wollen.

An Ohio ist mehr dran, als man denkt; Sandusky hat mehr Ausfahrten, als vernünftig erscheint. An einer der zahlreichen und ununterscheidbaren Raststätten an der Schnellstraße hatte der Volvo einen schweren Anfall von Frühzündung, so daß der Fahrer den rüttelnden Husten des Wagens durch ruckartiges Einkuppeln ersticken mußte. Das ärgerte sie beide. Und als er nach dem Tanken den Verbrauch ausrechnete, war der Fahrer gedankenlos und voreilig genug, mit einem Kommentar zu dieser enttäuschenden Leistung herauszuplatzen: »17 Liter auf hundert Kilometer!« Anschließend beeilte er sich, dem Volvo zu versichern, daß das keine Kritik hatte sein sollen. »Es lag am Benzin«, sagte er. »Die haben dir schlechtes Benzin gegeben.«

Doch der Volvo ließ sich nur widerwillig und keuchend starten; der Leerlauf hatte sich verstellt, und als sie die Tankstelle verließen, gab es ein paar Fehlzündungen. Der Fahrer hielt es für das beste zu sagen: »Der Ölstand ist prima, da fehlt kein Tropfen.« Das war gelogen; der Volvo hatte einen halben Liter verbraucht – nicht genug zum Nachfüllen, aber das Öl stand unter der oberen Markierung. Als sie an einer der zahllosen Ausfahrten nach Sandusky vorbeifuhren, fragte sich der Fahrer einen quälenden Augenblick lang, ob der Volvo es *wußte*. Auf langen

Strecken ist Vertrauen unerläßlich. Kann ein Auto spüren, daß sein Ölstand fällt?

»Mittagessen in Toledo«, trottete es dem Fahrer durch den Kopf wie ein Spottvers; sein übergangener Hunger erinnerte ihn daran, daß er an irgendeiner der vierzehn Ausfahrten, die vorgaben, nach Sandusky zu führen, in aller Ruhe etwas hätte essen können. Herrje, was *war* bloß dieses Sandusky?

Der Volvo hatte, auch wenn sein Durst gestillt und seine Scheiben geputzt waren, seit dem Frühstück in Buffalo keine richtige Verschnaufpause gehabt. Der Fahrer beschloß, auf sein eigenes Mittagessen zu verzichten. »Ich hab gar keinen Hunger«, sagte er munter, doch er spürte das Gewicht seiner zweiten Lüge. Der Fahrer wußte, daß manche Opfer Symbole sind. Wenn man eine Sache zusammen durchzieht, ist es von höchster Wichtigkeit, daß Unannehmlichkeiten gerecht verteilt sind. Das Gebiet, das als »Toledo« bezeichnet wurde, ließen sie am Nachmittag schweigend hinter sich wie ein unaussprechliches Gefühl der Leere. Und was den sinkenden Ölstand betraf, so wußte der Fahrer, daß ihm selbst ebenfalls ein halber Liter fehlte. O Ohio.

Fort Wayne, Elkhart, Muncie, Gary, Terre Haute und Michigan City – *ah, Indiana!* Ein anderer Staat, einer, der nicht zubetoniert ist. »So grün wie Vermont«, flüsterte der Fahrer. *Vermont!* Ein Zauberwort. »Das ist natürlich geschmeichelt«, fügte er hinzu und fürchtete gleich darauf, zuviel gesagt zu haben.

Ein reinigendes Gewitter brach in Lagrance über den

Volvo herein; in Goshen rechnete der Fahrer 11,7 Liter auf hundert Kilometer aus, eine Zahl, die er dem Volvo vorsang wie eine Litanei – an Ligonier, an Nappanee vorbei. Als sie sich zum Herzland des Staates vorarbeiteten, spürte der Fahrer das Kommen eines noch nie dagewesenen »dritten Atems«.

Kühe schienen Indiana, den »Hoosier State«, zu mögen. Aber was war ein »Hoosier«?

Sollen wir in South Bend zu Abend essen? Nur einen Steinwurf von Notre Dame entfernt. Unsinn! 10,1 Liter auf hundert Kilometer! Weiter!

Selbst die Motels wirkten einladend; die Swimmingpools neben ihnen zwinkerten ihnen zu. Gute Nacht, angenehme Ruhe! schien Indiana zu singen.

»Noch nicht«, sagte der Fahrer. Er hatte Schilder gesehen, auf denen »Chicago« stand. Morgens aufzuwachen und zu wissen, daß Chicago bereits hinter einem lag, daß es erfolgreich umgangen, umspielt war – was für ein fliegender Start würde *das* erst sein!

An der Grenze zu Illinois schätzte er die Fahrtzeit, die Entfernung nach Chicago, die mögliche Konvergenz seiner Route mit dem Berufsverkehr usw. Der Volvo hatte seinen Anfall von Frühzündung überstanden. Er kam ohne Rütteln zur Ruhe und schien den berühmten »Blitzstart« gemeistert zu haben. Was sollte ihnen, nach dem Auftrieb, den Indiana ihnen gegeben hatte, in Illinois schon groß passieren?

»Um halb sieben heute abend fahren wir an Chicago vorbei«, sagte der Fahrer. »Dann ist der schlimmste Berufsverkehr vorüber. Dann fahren wir noch eine Stunde weiter, weg von Chicago, damit wir wieder richtig auf dem Land sind, und um spätestens acht ist Schluß. Eine Waschanlage für dich, ein Swimmingpool für mich! Mississippi-Wels in Weißweinsud, ein Bananensplit, einen halben Liter STP, Cognac in der Red Satin Bar, wir lassen dir ein bißchen Luft aus den Reifen, um zehn ins Bett, beim ersten Tageslicht über den Mississippi, Frühstück in Iowa, Würstchen von Freiland-Schweinen, Mittagessen in Nebraska, in Schmalz ausgebackenes Maisbrot zum Abendessen ...«

Er überredete den Volvo. Sie fuhren in das, was auf den Nummernschildern als »das Land Lincolns« bezeichnet wurde.

»Leb wohl, Indiana! Dank dir, Indiana!« sang der Fahrer zur Melodie des alten Liedes »I Wish I Was a Hoosier« von M. Lampert. Was tun wir nicht alles, um den Eindruck zu erwecken, wir seien unbeschwert.

Der Smog zeichnete Schlieren in den Himmel, die Sonne war noch nicht untergegangen, aber verhangen. Der glatte Asphalt der Schnellstraße wurde von Betonplatten mit kleinen Fugen abgelöst, die im Sekundenrhythmus »Ka-plunk, ka-plunk, ka-plunk ...« sagten. Endlose, schreckliche, identische Vororte aus Grillplätzen qualmten leise vor sich hin.

Vor dem ersten Schnellstraßenkreuz von Chicago hielt der Fahrer an, um zu tanken, einen prüfenden Blick auf den fallenden Ölstand zu werfen und den Reifendruck zu kontrollieren – nur zur Sicherheit. Der Verkehr wurde dichter. Das Transistorradio, das dem Tankwart um den

Hals baumelte, verkündete, die Wassertemperatur des Michigansees betrage zweiundzwanzig Grad.

»Uaah!« sagte der Fahrer. Dann bemerkte er, daß die Uhr über der Zapfsäule eine andere Zeit zeigte als seine Armbanduhr. Er hatte irgendwo eine Grenze zwischen zwei Zeitzonen überquert – vielleicht in jenem Phantasiegebilde namens Indiana. Er kam eine Stunde früher nach Chicago, als er gedacht hatte: dickster Berufsverkehr wälzte sich an ihm vorbei. Ringsum sah er lauter Motels, deren Swimmingpools mit einer rußgrauen Soße gefüllt waren. Er dachte an die Kühe, die ihn mit sanftem Glokkenklang hätten wecken können, dort hinten, im guten alten Indiana. Er war jetzt seit achtzehneinhalb Stunden unterwegs, und die einzige Pause, an die er sich erinnern konnte, war das Frühstück in Buffalo.

»Ein dicker Fehler in achtzehneinhalb Stunden ist gar nicht so schlecht«, sagte er zu dem Volvo. Es war eine für Optimisten notwendige Betrachtungsweise. Und eine bemerkenswerte Verdrängungsleistung, diesen Fehler als seinen ersten zu bezeichnen.

»Hallo, Illinois. Hallo, halb Chicago.«

Der Volvo schluckte einen Liter Öl, als wäre es jener erste große Cocktail in Indiana, auf den der Fahrer sich freute.

Wenn der Fahrer schon bei Sandusky gedacht hatte, diese Stadt habe sich krasser Unmäßigkeit schuldig gemacht, so brauchte es unmäßige Kraßheit, die Bandbreite seiner Gefühle gegenüber Joliet zu schildern.

Zwei Stunden Kolonnenverkehr auf wechselnden Spuren hatten ihn im Schneckentempo weniger als fünfzig Kilometer in südwestlicher Richtung von Chicago vorangebracht, und nun befand er sich an dem Schnellstraßenkreuz, wo die Reisenden nach Westen – bis nach Omaha – und die nach Süden, nach St. Louis, Memphis und New Orleans, sich trennten. Ganz zu schweigen von den reisenden Narren, die sich nordwärts mühten, nach Chicago, Milwaukee und Green Bay, und den noch weniger zahlreichen, die nach Sandusky und in den lichtflimmernden Osten wollten.

Joliet, Illinois, war der Ort, wo Chicago nachts seine Lastwagen parkte. Joliet war der Ort, wo die Leute, die statt der Schnellstraße nach Missouri die nach Wisconsin erwischt hatten, ihren Fehler erkannten und aufgaben.

Die vier vierspurigen Schnellstraßen, die auf Joliet zuliefen wie paarungsbereite Spinnen, hatten zusammen zwei ›Howard Johnson Motor Lodges‹, drei ›Holiday Inns‹ und zwei ›Great Western Motels‹ gezeugt. Alle boten Hallenswimmingpools, Klimaanlage und Farbfernseher. Die Farbfernseher waren ein absurder Versuch in Richtung Idealismus: Sie sollten Farbe nach Joliet, Illinois, bringen, einer Region, die hauptsächlich schwarzweiß war.

Um halb neun gab der Fahrer auf und bog von der Schnellstraße ab.

»Tut mir leid«, sagte er zum Volvo. Es gab keine Waschanlage am ›Holiday Inn‹. Wozu auch? Und es ist zu bezweifeln, daß der Volvo ihn überhaupt hörte oder sich hätte trösten lassen: Er hatte gerade wieder einen Anfall von Frühzündung, der den heftig ein- und auskuppelnden Fahrer so durchschüttelte, daß er alle Geduld verlor.

»Scheißkarren!« murmelte er in eine plötzliche unangenehme Stille hinein – es war eine kurze Atempause im Husten des Volvos. Das konnte er nicht mehr zurücknehmen. Der Volvo stand da und tickte heiß, die Reifen waren warm und hart, die Vergaser hoffnungslos zerstritten, die Zündkerzen verkrustet und der Ölfilter zweifellos verstopft und so undurchlässig wie ein Schließmuskel.

»Es tut mir leid«, sagte der Fahrer. »Ich hab's nicht so gemeint. Morgen früh geht's mit frischen Kräften weiter.«

In der von gespenstischem grünem Licht beleuchteten Hotelhalle, die mit Schildkrötenaquarien und Topfpalmen ausgestattet war, traf der Fahrer auf ungefähr elfhundert andere Reisende, die ein Zimmer wollten. Sie waren allesamt in einer ähnlich verwirrten Verfassung wie er, und alle sagten zu ihren Frauen und Kindern: »Es tut mir leid – morgen früh geht's mit frischen Kräften weiter.«

Doch allenthalben herrschten Zweifel. Wenn das Vertrauen Schaden genommen hat, hat man alle Hände voll zu tun.

Der Fahrer wußte, wann das Vertrauen Schaden genommen hatte. Er setzte sich auf das industriell gefertigte Doppelbett in Zimmer 879 im ›Holiday Inn‹ und meldete ein R-Gespräch mit seiner Frau in Vermont an.

»Hallo, ich bin's«, sagte er.

»Wo *bist* du?« schrie sie. »Herrgott, alle suchen dich!«

»Tut mir leid«, sagte er.

»Die ganze blöde Party hab ich nach dir abgesucht«, sagte sie. »Ich war sicher, daß du dich mit dieser Helen Cranitz irgendwohin verdrückt hast.«

»Oje.«

»Ja, und dann hab ich mich schließlich so weit erniedrigt, sie tatsächlich zu finden... mit Ed Poines.«

»Oje.«

»Und als ich dann sah, daß du den Wagen genommen hast, hab ich mir solche Sorgen gemacht, was du wohl schon getrunken hattest...«

»Ich war völlig nüchtern.«

»Tja, Derek Marshall mußte mich nach Hause fahren, und er war *nicht* nüchtern.«

»Tut mir leid.«

»Es ist ja nichts *passiert*.«

»Tut mir leid...«

»Es tut dir *leid!*« schrie sie. »Wo bist du? Ich hab den Wagen gebraucht, um Carey zum Zahnarzt zu fahren. Ich hab die Polizei angerufen.«

»Oje.«

»Na ja, ich dachte, du liegst vielleicht irgendwo neben der Straße im Graben.«

»Der Wagen ist völlig in Ordnung.«

»Der *Wagen!*« rief sie. »Wo bist du? Um Himmels willen...«

»Ich bin in Joliet, Illinois.«

»Hör zu, ich hab die Nase voll von deinen blödsinnigen Späßen...«

»Wir sind bei Chicago hängengeblieben, sonst wären wir jetzt schon in Iowa.«

»Wer ist ›wir‹?«

»Nur ich.«

»Du hast gesagt ›wir‹.«

»Tut mir leid...«

»Ich will bloß wissen, ob du heute abend nach Hause kommst.«

»Es ist unwahrscheinlich, daß ich das schaffe«, sagte der Fahrer.

»Jetzt hüpft Derek Marshall wieder um mich herum – dafür kannst du dich bei dir selbst bedanken. Er hat Carey zum Zahnarzt gefahren.«

»Oje.«

»Er ist natürlich der perfekte Gentleman, aber ich mußte ihn einfach fragen, ob er mir hilft. Er macht sich übrigens auch Sorgen um dich.«

»Kann ich mir lebhaft vorstellen...«

»Du hast kein Recht, so mit mir zu sprechen. Wann kommst du zurück?«

Der Gedanke an seine »Rückkehr« war dem Fahrer noch nicht gekommen, und darum war seine Reaktion etwas langsam.

»Ich will wissen, wo du *wirklich* bist«, sagte seine Frau.

»In Joliet, Illinois.«

Sie legte auf.

Für größere Distanzen braucht es Teamarbeit. Soviel war sicher: Der Fahrer hatte alle Hände voll zu tun.

Der Fahrer trieb auf den kleinen Wellen des Hallenswimmingpools und stellte mit einemmal fest, daß er sich gallig und übelgelaunt fühlte und daß der Swimmingpool Ähnlichkeit mit dem Schildkrötenaquarium in der Halle hatte. Ich will nicht hier sein, dachte er.

Im ›Grape Arbour Restaurant‹ studierte er die verwirrende Speisekarte und bestellte schließlich den Krabbensalat nach Art des Hauses. Der wurde serviert. Als dunkle Quelle dieses Gerichts mußte der Michigansee in Betracht gezogen werden.

In der ›Tahiti Bar‹ trank er einen Cognac.

Das Lokalfernsehen von Joliet berichtete über die tödlichen Unfälle, die sich an diesem Tag auf der Schnellstraße ereignet hatten: Es war ein finsteres Leichenzählen – der Anblick der verkohlten, hingemetzelten Körper trieb die Reisenden aus der Bar und früh ins Bett, wo sie eine unruhige Nacht verbrachten. Vielleicht war das der Zweck der Sendung.

Bevor er zu Bett ging, sagte der Fahrer dem Volvo gute Nacht. Er legte die Hand auf die Reifen, rieb einen Tropfen Öl zwischen den Fingern, spürte die winzigen Abriebteile darin und beugte sich schließlich über eine Kerbe in der Windschutzscheibe, um das Ausmaß des Schadens festzustellen.

»Das hat sicher weh getan.«

Derek Marshall! Das hatte auch weh getan.

Der Fahrer erinnerte sich an das, was als »die ganze blöde Party« bezeichnet worden war. Er hatte seiner Frau gesagt, er müsse mal aufs Klo; überall auf dem Rasen hatten Wagen geparkt, und schließlich pinkelte er dort. Die kleine Carey schlief bei Freunden: es war kein Babysitter da, der den Fahrer hätte sehen können, als er sich ins Haus schlich, um seine Zahnbürste zu holen.

Ein Kleid seiner Frau, eines seiner Lieblingskleider, hatte an der Rückseite der Badezimmertür gehangen. Er hatte es ans Gesicht gehoben und war bei der seidigen

Berührung verzagt geworden; sein Reifendruckmesser hatte sich im Schieber des Reißverschlusses verfangen, als er versucht hatte, es loszulassen. »Leb wohl«, hatte er entschlossen zu dem Kleid gesagt.

Einen kurzen Augenblick lang hatte er überlegt, ob er all ihre Kleider mitnehmen sollte! Doch es war Mitternacht gewesen – Zeit für Aschenputtels Kutsche, sich wieder in einen Kürbis zurückzuverwandeln –, und dann war er zurück zu seinem Volvo gegangen.

Seine Frau hatte kupferrotes Haar ... nein. Sie war blond und seit sieben Jahren verheiratet, hatte ein Kind und kein Radio. Beide fühlten sich von einem Radio bloß abgelenkt. Nein. Seine Frau hatte Größe 36, verschliß zwischen Frühling und Herbst drei Paar Sandalen Größe 37, trug BHs Größe 70B und verbrauchte im Durchschnitt zehn Liter auf hundert Kilometern ... *nein!* Sie war eine zierliche, dunkelhaarige Frau mit starken Fingern und Augen, die so intensiv meerblau waren wie Luftpostpapier; wenn sie miteinander schliefen, hatte sie die Angewohnheit, den Kopf nach hinten zu drücken wie ein Ringer, der gleich in die Brücke gehen wird, oder wie ein Patient, der eine Mund-zu-Mund-Beatmung erhalten soll ..., ah, ja. Ihr Körper war grazil, nicht sinnlich, und sie mochte Sachen, die sich anklammerten, sich anschmiegten und sich an sie hängten: Kleider, Kinder, große Hunde und Männer. Sie war groß, hatte lange Oberschenkel, einen federnden Gang, einen großen Mund, einen ...

Doch da rebellierten die Nebenhöhlen des Fahrers schließlich gegen den die ganze Nacht währenden Belastungstest, der ihnen durch die Klimaanlage aufgezwungen wurde; er nieste heftig und erwachte. Er verstaute die Gedanken an seine Frau und alle anderen Frauen in einem großen, leeren Teil seines Kopfes, der ihn an den geräumigen, leeren Kofferraum des Volvos erinnerte. Er duschte mit scharfem Strahl und dachte daran, daß heute der Tag war, an dem er den Mississippi sehen würde.

Die Leute lernen in Wirklichkeit nur sehr wenig über sich selbst, als würden sie es im Grunde genießen, sich fortwährend preiszugeben.

Der Fahrer hatte vor, die Weiterreise ohne Frühstück zu beginnen. Man hätte meinen sollen, daß er an Hoch- und Tiefpunkte gewöhnt war, doch selbst für diesen Veteranen der Straße war der Anblick der Gewalt, die dem Volvo angetan worden war, ein Schock. Der Volvo war übel zugerichtet. Er stand in der Parkbucht vor dem Motelzimmer des Fahrers wie eine Frau, die von ihrem betrunkenen Ehemann ausgesperrt worden ist – sie wartete auf ihn, um ihm seine Schuldgefühle im hellen Licht des neuen Tages um die Ohren zu hauen.

»Um Gottes willen, was haben sie mit dir gemacht ...?«

Sie hatten die vier Radkappen abgenommen, so daß die symmetrisch angeordneten Radmuttern entblößt waren und die Reifen nackt wirkten. Sie hatten den Außenspiegel auf der Fahrerseite gestohlen. Jemand hatte versucht, die Schrauben der ganzen Aufhängung zu lösen, aber der Schraubenzieher war entweder zu klein oder zu groß gewesen, denn die Schlitze der Schraubenköpfe waren ausgedreht und im Eimer; der Dieb hatte die Aufhängung gelassen, wo sie war, und einfach so lange am Spiegel gedreht, bis dieser am Kugelgelenk abgerissen war. Das verstümmelte Gelenk sah für den Fahrer aus wie der blutige, zerfleischte Stumpf eines Mannes, dem der Arm ausgerissen worden ist.

Sie hatten versucht, sich mit Gewalt Zugang zum Inneren des Volvos zu verschaffen, indem sie wiederholt irgendeinen Hebel am seitlichen Ausstellfenster angesetzt hatten, doch der Volvo hatte standgehalten. Sie hatten die Gummikante am Fenster auf der Fahrerseite herausgerissen, aber das Schloß nicht knacken können. Sie hatten versucht, ein Fenster einzuschlagen: Auf der Beifahrerseite waren feine Risse im Fenster – wie ein Spinnennetz, das der Wind dorthin geweht hat. Sie hatten versucht, an den Tank heranzukommen – um Benzin abzuzapfen, Sand hineinzuschütten, ein Streichholz hineinzuwerfen –, doch obgleich sie die Tankklappe aufgebrochen hatten, war es ihnen nicht gelungen, weiter vorzudringen. Sie hatten einen Hebel an der Motorhaube angesetzt, aber die hatte gehalten. Einige Zähne des Kühlergrills waren eingedrückt, und einer war so weit nach außen gebogen worden, daß er gebrochen war. Er ragte vor, als wäre der Wagen mit einer Art primitivem Bajonett ausgerüstet.

Als letzte Geste hatten die frustrierten Vandalen, die kaputte Bande von Punks aus Joliet – oder waren es andere Motelgäste gewesen, die sich über das fremde Nummernschild geärgert hatten und Vermont nicht mochten?... wie auch immer, als letztes grausames und überflüssiges Lebewohl hatte *irgend jemand* ein Instrument genommen (den Korkenzieher eines Taschenmessers?) und ein schmutziges Wort in das satte Rot der Kühlerhaube gekratzt. Ja, die Kratzer gingen sogar durch den Lack, bis ins Blech. Das Wort war WICHSER.

»Wichser?« rief der Fahrer. Er bedeckte die Wunde mit den Händen. »Schweine!« schrie er. »Schweine, stinkende Penner!« brüllte er. Der Flügel des Motels, vor dem er stand, beherbergte sicher zweihundert Reisende; es gab Räume zu ebener Erde und darüber welche mit Balkon. »Feiglinge, Vandalen!« schrie der Fahrer. »Wer war das?« wollte er wissen. Auf dem Balkon wurden einige Türen geöffnet. Verängstigte, schlaftrunkene Männer sahen zu ihm hinunter – hinter ihnen schnatternde Frauen: »Wer ist das? Was ist los?«

»Wichser!« schrie der Fahrer. »Wichser!«

»Es ist sechs Uhr morgens«, murmelte einer, der in einer Tür im Erdgeschoß stand, trat dann schnell wieder hinein und machte die Tür wieder zu.

Mit echtem Wahnsinn ist nicht zu spaßen. Wenn der Fahrer betrunken oder einfach unverschämt gewesen wäre, hätten die aus dem Schlaf Geschreckten ihn sicher in die Mangel genommen. Doch er war verrückt – das sah jeder –, und da kann man nichts machen.

»Was ist da los, Fred?«

»Da dreht einer durch. Schlaf weiter.«

Ach, Joliet, Illinois, du bist schlimmer als das Fegefeuer, für das ich dich gehalten habe.

Der Fahrer berührte das fettige Kugelgelenk, wo vorher der windschnittige Rückspiegel gewesen war. »Du bist bald wieder in Ordnung«, sagte er. »So gut wie neu, nur keine Sorge.«

WICHSER! Das schmutzige Wort, das sie in seine Kühlerhaube gekratzt hatten, war so *öffentlich*, es schien *ihn* bloßzustellen – die grobe, lüsterne Häßlichkeit des Wortes erfüllte ihn mit Scham. Er sah Derek Marshall zu seiner Frau gehen. »Hallo! Soll ich Sie nach Hause bringen?«

»Na gut«, sagte der Fahrer mit belegter Stimme zum Volvo. »Na gut, das reicht. Ich bringe dich nach Hause.«

Die Sanftheit des Fahrers war jetzt beeindruckend. Es ist immer wieder überwältigend, wenn einem hier und da unter den Menschen Takt begegnet; manche der Leute auf dem Balkon schlossen tatsächlich die Türen. Die Hände des Fahrers verbargen das Wort WICHSER, das in die Kühlerhaube gekratzt war; er weinte. Er war diesen weiten Weg gefahren, um seine Frau zu verlassen, und das einzige, was er geschafft hatte, war, seinem Wagen weh zu tun.

Aber man kann nicht bis nach Joliet, Illinois, fahren und dann nicht in Versuchung kommen, den Mississippi zu sehen, die Hauptverkehrsader des Mittelwestens, deren Überschreitung unumgänglich ist, will man in den wirklichen Westen kommen. Nein, man ist noch nicht im Westen gewesen, ehe man nicht den Mississippi überquert hat; man kann nie sagen, man sei schon einmal »dort draußen« gewesen, wenn man nicht wenigstens bis Iowa gekommen ist. Wenn man Iowa gesehen hat, hat man den Anfang gesehen.

Der Fahrer *wußte* das; er bat den Volvo, ihm nur einen einzigen Blick zu gönnen. »Dann kehren wir sofort um, das verspreche ich dir. Ich will es nur einmal sehen«, sagte er. »Den Mississippi. Und Iowa...« – wo er vielleicht hingefahren wäre.

Mürrisch trug der Volvo ihn durch Illinois: Starved Rock State Park, Wenona, Mendota, Henry, Kewanee, Geneseo, Rock Island und Moline. Es gab ein Rasthaus kurz vor der großen Brücke, die den Mississippi überspannte – die Brücke, die einen nach Iowa brachte. Ah, Davenport, West Liberty und Lake MacBride!

Doch er würde das alles nicht sehen, nicht jetzt. Er stand neben dem Volvo und sah zu, wie das teefarbene Wasser des breiten Mississippi vorbeifloß; für jemanden, der den Atlantischen Ozean gesehen hat, sind Flüsse nichts besonderes. Aber *jenseits* des Flusses ... da war *Iowa* ... und das sah wirklich ganz *anders* aus als Illinois! Er konnte Maisbüschel erkennen, Maisbüschel bis zum Horizont, wie eine Armee von jungen Cheerleadern, die ihre Federn schwenkten. Da draußen züchtete man auch große Schweine, das wußte er; er stellte sie sich vor; ihm blieb nichts anderes übrig – auf der anderen Seite des Mississippi trabte gerade keine Schweineherde umher.

»Eines Tages«, sagte der Fahrer, halb beklommen, halb hoffend, es könnte wahr werden. Der entehrte Volvo stand da und wartete auf ihn; sein beschädigter Kühler mit dem Wort WICHSER zeigte nach Osten.

»Okay, okay«, sagte der Fahrer.

Seien Sie dankbar für jedes bißchen Orientierungsvermögen, das Sie besitzen. Sie müssen wissen: Der Fahrer *hätte* sich verfahren können; im Durcheinander seiner West-Ost-Entscheidung hätte er sich ja auch nach Norden wenden können – auf der Spur, die in südlicher Richtung abzweigt.

Bericht Nr. 459 der Missouri State Police: »Eine rote Volvo-Limousine fuhr auf der südlichen Schnellstraße in Richtung Norden; der Fahrer schien die Orientierung verloren zu haben. Der Betonmischwagen, der mit ihm zusammenstieß, hatte das Recht, die Überholspur zu benutzen. In den Wracks fand man eine Telefonnummer. Als man dort anrief, meldete sich ein anderer Mann und sagte, sein Name sei Derek Marshall. Er werde der Frau des Mannes die Nachricht überbringen, sobald sie aufgewacht sei.«

Wir sollten uns vor Augen halten: Es kann immer noch schlimmer sein.

Gewiß, vor ihm lagen echte Schwierigkeiten. Der Fahrer mußte einen Weg durch das komplexe Gewirr der Ausfahrten nach Sandusky finden, und er war alles andere als ausgeruht. Ohio lag vor ihm, wartete auf ihn wie die noch ungelebten Jahre einer Ehe. Doch auch über den Volvo mußte er nachdenken; der Volvo schien nicht dazu bestimmt, über die Grenzen von Vermont hinauszukommen. Und es würden mit großem diplomatischem Geschick gewisse Abmachungen mit Derek Marshall geschlossen werden müssen, soviel schien sicher. Wie wichtig uns etwas ist, merken wir oft erst, wenn wir es verloren haben.

Er hatte den Mississippi und das saftige, fruchtbare Flachland dahinter gesehen. Wer konnte wissen, was für süße, dunkle Geheimnisse Iowa noch für ihn barg? Ganz zu schweigen von Nebraska. Oder *Wyoming!* Dem Fahrer tat die Kehle weh. Und er hatte übersehen, daß er noch einmal durch Joliet, Illinois, fahren mußte.

Heimkehren ist hart. Aber was läßt sich zugunsten von Wegbleiben sagen?

In La Salle, Illinois, ließ der Fahrer den Volvo kurz überholen. Die Wischblättergummis mußten ersetzt werden (er hatte nicht mal gemerkt, daß sie gestohlen waren), es wurde ein provisorischer Außenspiegel montiert und das eingekratzte WICHSER mit einer lindernden Anti-Rost-Grundierung übermalt. Das Öl stand bis zur oberen Markierung, doch der Fahrer entdeckte, daß die Vandalen versucht hatten, kleine Steine in die Reifenventile zu klemmen in der Hoffnung, er werde beim Fahren Luft verlieren. Der Tankwart mußte das Tankdeckelschloß irreparabel aufbrechen, um dem Volvo ein paar Liter Benzin geben zu können. Der Verbrauch lag bei 10,2 Litern auf hundert Kilometern – Strapazen weckten im Volvo den Kämpfer.

»Wenn wir zu Hause sind, laß ich dich lackieren«, sagte der Fahrer grimmig zum Volvo. »Halt nur noch ein bißchen durch.«

Immerhin konnte man sich auf Indiana freuen. Manches, so sagt man, ist »beim zweitenmal« sogar noch besser. Seine Ehe kam ihm vor wie ein unbeendeter Krieg zwischen Ohio und Indiana – ein labiles Gleichgewicht der Feuerkraft, durchsetzt mit gelegentlichen Verträgen. Es würde der Situation eine krasse Schräglage geben, wenn er Iowa ins Bild brachte. Oder: Manche Flüsse werden besser nicht überschritten? Die durchschnittliche Lebensdauer eines Autoreifens liegt in den Vereinigten Staaten bei weniger als 40 000 Kilometern, und viele geben noch früher auf. Er war mit dem Volvo bisher 74 001 Kilometer gefahren – mit dem ersten Reifensatz.

Nein, trotz dem bezaubernden, zurückweichenden Bild einer Zukunft in Iowa kann man nicht fahren, wenn man immer in den Rückspiegel sieht. Und: Ja, in dieser Phase der Reise war der Fahrer entschlossen, in den Osten zurückzukehren. Doch es ist schwer, Würde zu bewahren. Voraussetzung für Stehvermögen ist ständige Instandhaltung. Wiederholung ist langweilig. Und Tugend hat ihren Preis.

Miss Barrett ist müde

Minna Barrett ist fünfundfünfzig. Sie wirkt genauso alt, wie sie ist, und nichts an ihrer Figur deutet darauf hin, wie sie wohl »zu ihrer Zeit« ausgesehen haben mag. Man kann nur annehmen, daß sie schon immer so war: dünn, mit gerundeten Ecken, nicht puritanisch prüde, doch fast geschlechtslos. Sie war schon als Mädchen eine freundliche alte Jungfer gewesen, ordentlich und still, mit einem nicht übermäßig strengen Gesicht, einem nicht übermäßig verkniffenen Mund, aber mit einer generellen Beherrschtheit, an der sich jetzt, mit fünfundfünfzig, die Belanglosigkeit und die konservative Gestaltung ihres Lebenswegs ablesen läßt.

Minna hat ein eigenes Zimmer im Wohnheim des Fairchild Junior College für Young Women, wo sie als Vorsteherin des kleinen Eßsaals des Wohnheims amtet. Sie ist für die kleine Küchenmannschaft verantwortlich und hat darauf zu achten, daß die Mädchen bei den Mahlzeiten ordentlich gekleidet sind. Minnas Zimmer hat einen separaten Eingang und ein eigenes Bad. Morgens geben ihm die Ulmen auf dem Collegegelände Schatten, und zum Boston Common sind es nur ein paar Blocks – nicht zu weit, um an einem schönen Tag zu Fuß dorthin zu gehen. Das Zimmer ist bemerkenswert karg eingerichtet – bemerkenswert deshalb, weil es ein sehr kleines Zimmer ist, in dem nur sehr wenig darauf hinweist, daß Minna schon seit neun Jahren hier wohnt. Nicht daß es viel zu zeigen gäbe oder geben sollte – es ist bloß ein so fester Wohnsitz wie alle anderen, die Minna hatte, seit sie zu Hause ausgezogen ist. Dieses Zimmer ist mit einem Fernseher ausgestattet, und Minna bleibt abends auf und sieht sich Filme an. Sie sieht sich nie das Hauptprogramm an; sie liest bis zu den Elfuhrnachrichten. Sie mag Biographien lieber als Autobiographien, und zwar weil es sie, auf eine Art, die sie nicht begreift, peinlich berührt, wenn jemand sein eigenes Leben schildert. Sie hat eine Schwäche für Biographien von Frauen, obgleich sie auch Ian Fleming liest. Einmal, bei einem Fest für ehemalige Schülerinnen und die Mitglieder des Verwaltungsrates, fand eine Dame in einem lavendelfarbenen Kostüm, die, wie sie sagte, *alle* Angestellten der Schule kennenlernen wollte, heraus, daß Minna sich für Biographien interessiert. Die lavendelfarbene Dame empfahl ihr ein Buch von Gertrude Stein, das Minna sich kaufte und nie zu Ende las. Minna hätte es nicht als Biographie bezeichnet, aber sie war nicht gekränkt. Sie hatte bloß das Gefühl, daß darin nie etwas passierte.

Minna liest also bis elf und sieht sich dann die Nachrichten und einen Film an. Das Küchenpersonal tritt schon früh am Morgen an, aber Minna muß erst im Eßsaal sein, wenn die Mädchen kommen. Nach dem Frühstück geht sie mit einer Tasse Kaffee auf ihr Zimmer und macht vielleicht bis zum Mittagessen ein Nickerchen. Auch ihre Nachmittage sind ruhig. Ein paar Mädchen aus dem Wohnheim besuchen sie um elf, um sich die Nachrichten anzusehen – Minnas Zimmer hat eine Tür, die zum Korridor des Wohnheims führt. Wahrscheinlich sind die Mädchen mehr am Fernsehprogramm als an Minna interessiert, auch wenn sie sehr freundlich sind und Minna sich über die unterschiedlich spärliche Bekleidung zu dieser Nachtzeit amüsiert. Einmal wollten sie wissen, wie lang Minnas Haar ist, wenn sie es offen trägt. Sie tat ihnen den Gefallen und löste den Knoten, und ihr langes, graues, steckengerades Haar fiel bis zu den Hüften. Die Mädchen waren beeindruckt, wie kräftig und gesund Minnas Haar war; eines von ihnen, dessen Haar fast ebenso lang war, schlug vor, sie solle es doch in einem Zopf tragen. Am nächsten Tag brachten die Mädchen ein dunkelorangefarbenes Band und flochten Minna einen Zopf. Minna freute sich, auf ihre zurückhaltende Art, sagte aber, daß sie es nie so tragen könnte. Zwar kommt sie manchmal in Versuchung – die Mädchen waren so beeindruckt –, aber es wäre einfach eine zu große Umstellung, nachdem sie es all die Jahre immer zu einem festen Knoten gebunden hat.

Wenn die Mädchen nach dem Film gegangen sind, sitzt Minna in ihrem Bett und denkt an ihre Pensionierung. Die Farm von South Byfield, auf der sie aufgewachsen ist, steht ihr dann vor Augen. Wenn sie mit einer gewissen Nostalgie daran denkt, so ist ihr das nicht bewußt; sie denkt nur daran, wieviel erholsamer ihre Arbeit an diesem College ist, wieviel leichter als auf der Farm. Jetzt lebt ihr jüngerer Bruder dort, und in ein paar Jahren wird sie dorthin, zu ihm und seiner Familie, zurückkehren, wird ihre ordentlichen Siebensachen mitnehmen und sich und ihr Erspartes der Sorge ihres Bruders anvertrauen. Erst letzte Weihnachten noch, als sie bei ihm und seiner Familie zu Besuch war, hat man sie gefragt, wann sie denn nun zu ihnen ziehen wolle. Wenn es in einem Jahr oder so dann für sie an der Zeit ist, diesen Schritt zu tun, werden noch nicht alle Kinder ihres Bruders erwachsen sein, und es wird Arbeit für sie geben. Minna wird bestimmt niemandem zur Last fallen.

So denkt sie denn nach den Nachrichten und nach dem Film an South Byfield, an die Vergangenheit und die Zukunft, und sie empfindet beim Gedanken an die Gegenwart keine Bitterkeit. Sie hat keine schmerzhaften Verluste erlitten, keine Trennungen oder Fehlschläge erlebt. Sie hatte Freunde und Freundinnen in South Byfield, bei deren Hochzeit sie gewesen ist oder die einfach dageblieben sind, als sie ins dreißig Meilen entfernte Boston gezogen ist; ihre Eltern sind, unauffällig fast, gestorben, doch es gibt nichts, das sie besonders schmerzlich vermißt. Sie findet nicht, daß sie sehr versessen darauf ist, sich zur Ruhe zu setzen, auch wenn sie sich darauf freut, zur glücklichen Familie ihres Bruders zu gehören. Sie würde nicht behaupten, in Boston viele Freunde zu haben, doch Freunde waren für Minna immer angenehme, vertraute Menschen, die mit den ruhig dahinfließenden Abschnitten ihres Lebens zu tun hatten; es waren nie Leute, von denen sie emotional abhängig war. Im Augenblick wäre da zum Beispiel Flynn, der Koch, ein Ire mit einer großen Familie in Süd-Boston. Er beklagt sich bei Minna über die Bostoner Wohnungsnot, über den Bostoner Verkehr, über die Bostoner Korruption, über alles mögliche. Minna weiß wenig von all dem, aber sie hört ihm freundlich zu; mit seinen Flüchen erinnert Flynn sie an ihren Vater. Minna flucht selbst nicht, aber sie findet nichts daran auszusetzen, daß Flynn es tut. Er hat eine Art, den Dingen auf seine grobe Art gut zuzureden, die ihr das Gefühl gibt, daß sein Fluchen tatsächlich *wirkt*. So gewinnt Flynn die täglichen Kämpfe mit der Kaffeemaschine immer: Nach langen, finsteren Flüchen, heftigen Schlägen und wütenden Drohungen, das ganze Ding auseinanderzunehmen, geht er jedesmal als Sieger hervor. Für Minna sind Flynns Beleidigungen genauso konstruktiv wie die Schimpfwörter, mit denen ihr Vater den Trecker traktierte, wenn der im Winter nicht anspringen wollte, und Minna findet Flynn auch nett.

Dann gibt es da noch Mrs. Elwood, eine Witwe, mit tieferen Falten im Gesicht als Minna – Falten, die sich, wenn Mrs. Elwood redet, bewegen, als wären sie Gummibänder, an denen ihr Kinn aufgehängt ist. Mrs. Elwood ist die Hausmutter des Wohnheims, und sie spricht mit einem britischen Akzent; es ist allgemein bekannt, daß Mrs. Elwood aus Boston stammt, aber nach dem College-Abschluß hat sie einen Sommer in England verbracht. Offenbar hat sie diese Zeit sehr genossen. Minna sagt Mrs. Elwood jedesmal Bescheid, wenn es im Spätprogramm einen Film mit Alec Guinness gibt, und dann kommt Mrs. Elwood diskret nach den Nachrichten, wenn die Mädchen wieder auf ihre Zimmer gegangen sind. Oft weiß Mrs. Elwood erst nach der Hälfte des Films, ob sie ihn schon einmal gesehen hat.

»Ich glaube, ich hab sie alle schon mal gesehen, Minna«, sagt Mrs. Elwood.

»Ich verpasse immer die, die zu Weihnachten gezeigt

werden«, antwortet Minna. »Bei meinem Bruder spielen wir meistens Karten, oder es kommen Freunde zu Besuch.«

»Ach, Minna«, sagt Mrs. Elwood. »Sie sollten wirklich mehr ausgehen.«

Und dann ist da noch Angelo Gianni. Angelo ist blaß und schmächtig, ein verwirrt aussehender Mann oder Junge mit grauen Augen, die nur ein klein wenig dunkler sind als seine Haut, und abgesehen von seinem Namen deutet bei ihm nichts darauf hin, daß er italienischer Abstammung ist. Wenn er Cuthbert oder Cadwallader hieße, würde nichts in seiner Erscheinung darauf hindeuten. Wenn er ein Devereaux oder ein Hunt-Jones wäre, würde man das an seinen unbeholfenen, verlegenen Bewegungen nicht erkennen können – mit ehrfürchtiger Scheu wartet er immer auf Krisen, und seien sie noch so klein, und reagiert jedesmal völlig kopflos. Angelo könnte ebensogut zwanzig wie dreißig sein; sein Zimmer ist im Keller des Wohnheims, gleich neben der Gerätekammer des Hausmeisters. Er leert die Aschenbecher, spült das Geschirr, deckt die Tische, räumt ab, kehrt, erledigt alles mögliche, wo immer es nötig ist, und erledigt andere, kompliziertere Aufträge, wenn man ihn darum bittet und ihm genau und mehr als einmal erklärt hat, wie. Er ist außerordentlich freundlich und begegnet Minna mit einer eigenartigen Mischung aus tiefstem Respekt – manchmal nennt er sie »Miss Minna« – und den seltsamen, schüchternen, kokettierenden Bezeigungen echter Zuneigung. Minna mag Angelo. Sie ist so herzlich und liebevoll zu ihm wie zu den Kindern ihres Bruders, und sie ist sich bewußt, daß sie sich sogar Sorgen um ihn macht. Sie ahnt, daß Angelo keinen sicheren Boden unter den Füßen hat und in jedem Augenblick seines simplen – und, wie sie glaubt, schutzlos ausgelieferten – Daseins sehr verletzlich ist. Dabei weiß sie nicht recht, welcher Art diese Verletzungen sein könnten, doch Minna kann sich vorstellen, daß zahllose Leiden auf Angelo lauern, der verletzlich und schlicht in seiner isolierten Welt aus Güte und Glauben lebt. Minna will Angelo beschützen, ihm Bildung beibringen, auch wenn die Leiden, von denen sie ihn umstellt sieht, für sie ganz nebulös bleiben; ihr fällt keine große Verletzung ein, die sie erlitten hat – keine große bedrohliche und zerstörerische Macht hat je ihren Schatten über sie geworfen. Doch ebendies befürchtet sie für Angelo, und so erzählt sie ihm ihre lehrreichen Geschichten, die unweigerlich mit einer Moral enden, einem dieser Sprichwörter, die sie aus der Tageszeitung ausschneidet und auf den dicken schwarzen Seiten ihres Fotoalbums festzweckt, in dem nur zwei Bilder sind: ein bräunliches Foto von ihren steif posierenden Eltern und ein Farbfoto von den Kindern ihres Bruders. Minnas Geschichten sind typisch für sie. Keine Einleitung, weder Datum noch Ort, es kommen nicht einmal Personennamen darin vor, und es fehlt auch jeder Hinweis auf eine etwaige persönliche emotionale Beteiligung ihrerseits, egal, ob existent oder auch nur möglich – sofern Minna überhaupt an etwas Anteil nehmen oder von irgend etwas persönlich berührt werden könnte. Das Spektrum der Sprichwörter reicht von »Viel Wissen macht Kopfweh!« bis zu einer ganzen Sammlung von Mottos, die auf die Vorzüge des Mittelwegs hinweisen. Auf die Gefahren, die *zuviel* Vertrauen und Gutgläubigkeit mit sich bringen. Angelo nickt zu ihren Ratschlägen; oft blicken seine Augen starr vor ehrfürchtiger Ernsthaftigkeit, und sein Mund steht offen, bis Angelos angestrengte Konzentration Minna schließlich so irritiert, daß sie ihm, gewissermaßen als Fußnote, rät, nichts, was *irgend jemand* ihm sagt, allzu ernst zu nehmen. Das verwirrt Angelo nur noch mehr, und nun, da sie sieht, was ihre Worte bewirken, wechselt Minna zu einem leichteren Thema.

»Stell dir vor«, sagt sie, »neulich wollten ein paar Mädchen mich überreden, mein Haar in einem Zopf zu tragen, in einem langen Zopf.«

»Ich wette, das steht Ihnen gut«, sagt Angelo.

»Ach, weißt du, Angelo, ich sehe einfach nicht ein, warum ich meine Frisur nach so langer Zeit verändern sollte.«

»Sie sollten tun, was Sie für das Beste halten, Miss Minna«, sagt Angelo, und Minna bringt es nicht über sich, Angelo seine rührende und gleichzeitig bedenklich leichtsinnige Liebenswürdigkeit zu nehmen, die er allen entgegenbringt und mit der er ihnen die Last seines schutzlosen Herzens auflegt, auf Gedeih und Verderb. Und, nun ja, denkt Minna, es ist wohl auch an der Zeit, daß sie sich wieder an ihre Arbeit machen.

Minna beklagt sich nicht über ihre Arbeit. Sie hat darum gebeten, daß eine zweite Frau eingestellt wird, eine zweite Vorsteherin, damit die Mädchen und das Küchenpersonal nicht allein sind, wenn Minna am Montag ihren freien Tag hat. Offenbar findet niemand diese Bitte besonders dringlich. Mrs. Elwood hat die Idee gut gefunden und zugesichert, sie werde mit dem Wirtschaftsleiter darüber sprechen. Später, als Minna sie darauf ansprach, sagte Mrs. Elwood, es sei wohl besser, wenn Minna selbst mit dem Wirtschaftsleiter oder einer anderen zuständigen Person rede. Minna hat vor Wochen an den Wirtschaftsleiter geschrieben, aber keine Antwort bekommen. Es ist ja nicht weiter wichtig, denkt sie, und darum beklagt sie sich nicht. Es wäre nur einfach schön, wenn eine zweite Frau da wäre, eine ältere Frau natürlich, die ein bißchen Erfahrung im Umgang mit jungen Mädchen hat. Es gäbe sogar ein Extra-Zimmer im Wohnheim, wenn das College eine geeignete Frau finden würde, eine, die ein eigenes Zimmer haben wollen würde – immerhin wäre es umsonst, und sie würde allen Schutz genießen, den eine alleinstehende Frau sich nur wünschen konnte. Es wäre schön, so jemanden hier zu haben, aber Minna will das Ganze nicht forcieren. Sie wartet lieber.

Die ersten Enten schwammen gelangweilt herum, als Minna an ihrem freien Tag durch den Bostoner Common spazierte. Sie legte im Gehen den Schal ab und dann wieder an – erst war ihr zu warm, dann fror sie – und betrachtete die Optimisten in ihren kurzärmeligen Hemden und dünnen Leinenhosen. Ein paar weltlich gesinnte Stockenten watschelten mit der unbeholfenen und irritierten Würde von Leuten umher, die auf einer großen Party, wo sie keinen kennen, öffentlich beleidigt worden sind. Sommerlich gekleidete Mütter, beim Einkaufen begleitet von winterlich eingepackten Kindern, erschauerten in den kurzen kalten Windböen, blieben stehen und hielten Ausschau nach etwas, womit man die Enten füttern könnte. Die

Kinder beugten sich zu weit vor, bekamen nasse Füße, wurden ausgeschimpft, zur Eile ermahnt und weitergezerrt, wobei sie über die Schulter nach den treibenden Brotstückchen und den gleichgültigen Enten zurücksahen. Die Enten würden im Lauf des Frühlings eifriger werden, doch jetzt, im Frühstadium eines hoffnungslosen Strebens nach Privatsphäre, weigerten sie sich zu essen, wenn ihnen jemand dabei zusah. Alte Männer in Ganzjahresmänteln hatten Zeitungen und Matzenfladen mit großen Blasen in den Händen und warfen den Enten große Stücke zu – die Männer sahen sich vorsichtig um, ob jemand bemerkte, daß die Stücke zu groß waren (sie wollten die Enten treffen und versenken). Minna registrierte kühl, wie schwach ihre Arme waren und wie schlecht sie zielten. Sie blieb nicht lange, sondern verließ den Common und ging zur Boylston Street. Bei ›Shreve's‹ betrachtete sie die Auslage, wärmte sich an der Eleganz von Kristall und Silber und überlegte, welches Stück sich am besten auf dem Tisch ihres Bruders machen würde. ›Shraft's‹ war gleich um die Ecke, und sie ging hinein und aß eine Kleinigkeit. Dann trat sie wieder auf die Straße und ging mit sich zu Rate, was sie als nächstes tun würde. Es herrschte typisches launisches Märzwetter. Dann sah Minna ein Mädchen aus ›Shreve's‹ kommen. Das Mädchen lächelte in ihre Richtung – es trug einen Jeansrock, der über den Knien endete, Sandalen und einen grünen Pullover mit rundem Ausschnitt, der offenbar einem Jungen gehörte. Der Pullover schlabberte weit um die Hüften des Mädchens, die Ärmel waren umgekrempelt, und die ausgebeulten Stellen, die von den Ellbogen des Jungen stammten, hingen wie Kröpfe unter seinen schmalen Handgelenken. Das Mädchen rief: »Hallo, Minna!« Minna kannte es. Es war eins von den Mädchen, die bei ihr hin und wieder Nachrichten sahen. Sie erinnerte sich nicht mehr an seinen Namen – Namen konnte sie sich nie merken. Minna nannte das Mädchen »Meine Liebe«. Meine Liebe war auf dem Weg nach Cambridge, und zwar mit der U-Bahn, und wollte wissen, ob Minna vielleicht mitkommen und einen kleinen Einkaufsbummel machen wolle. Sie machten sich zusammen auf den Weg, und Minna genoß es sehr. Sie merkte, wie anders die Leute in der U-Bahn sie ansahen – glaubten sie, sie sei die Großmutter oder gar die Mutter des Mädchens? Die lächelnden Gesichter galten ihrer hübschen Begleiterin, und Minna kam es so vor, als beglückwünschte man sie. In Cambridge gingen sie in ein exklusives kleines Delikatessengeschäft, wo Minna einige Dosen mit exotischem Obst kaufte. Die Etiketten waren in einer fremden Sprache verfaßt, die Deckel mit kostbar wirkenden Aufklebern versiegelt. Es war, als hätte man ein Geschenkpaket von einem imaginären Onkel bekommen, von einem Weltreisenden, einem Abenteurer. In einem verstaubten kleinen Laden mit Apfelsinenkisten und Markisen, einem Laden mit einem großen Angebot an stumpfem, verbeultem Tafelzinn, kaufte Minna eine silberne Vorspeisengabel, mit der sie, wie das Mädchen namens »Meine Liebe« ihr erklärte, die exotischen Sachen bequem essen konnte. Das Mädchen war sehr nett zu Minna, so nett, daß ihr der Verdacht kam, bei den anderen sei es vielleicht nicht sonderlich beliebt. Um vier wurde es schon wieder kalt, und es wehte ein rauher Wind, weswegen die beiden beschlossen, sich am Brattle Square einen ausländischen Film anzusehen. Sie mußten ganz vorn sitzen, weil Minna sonst Mühe gehabt hätte, die Untertitel zu entziffern. Minna war es peinlich, daß das Mädchen diesen Film sah, aber nachher sprach es so ernsthaft und wissend über diese Dinge, daß Minna einigermaßen beruhigt war. Nach dem Kino aßen sie gut: Sauerkraut und gefüllte Paprikaschoten, dazu dunkles Bier, in einem deutschen Restaurant, das das Mädchen gut kannte. Es erzählte Minna, daß man ihm hier kein Bier gegeben hätte, wenn Minna nicht dabeigewesen wäre. Es war schon längst dunkel, als sie wieder am Wohnheim waren, und Minna sagte dem Mädchen, sie habe den Nachmittag sehr genossen. Dann ging sie auf ihr Zimmer, angenehm müde, in ihrer kleinen Einkaufstasche die exotischen Dosen und die Vorspeisengabel. Obwohl es erst neun Uhr war, hatte sie das Gefühl, sie könne gleich zu Bett gehen, doch als sie ihre Tasche vorsichtig auf dem Schreibtisch abstellte, sah sie dort einen seltsamen beigen Aktendeckel liegen, an dem eine Notiz befestigt war. Die Notiz war von Mrs. Elwood.

> Liebe Minna, ich habe das heute nachmittag auf Ihren Tisch gelegt. Der Wirtschaftsleiter hat mich heute morgen angerufen, um mir zu sagen, daß er eine Helferin für Sie gefunden hat, eine zweite Vorsteherin für den Eßsaal, und noch dazu eine mit Berufserfahrung. Er sagte, er werde sie herüberschicken. Da Sie nicht da waren, habe ich sie ein bißchen herumgeführt und ihr ihr Zimmer gezeigt. Es ist ja schon eine Schande, daß sie sich die Toilette mit den Mädchen auf der Etage teilen muß, aber

sie schien mit allem sehr zufrieden. Sie ist sehr attraktiv – Angelo scheint ziemlich begeistert von ihr. Ich habe ihr gesagt, daß Sie sich morgen um sie kümmern werden. Wenn Sie sie heute abend noch kennenlernen wollen – sie sagte, sie sei müde, sie wird in ihrem Zimmer sein.

Ah, dachte Minna, dann haben sie also wirklich jemanden gefunden. Sie konnte sich nicht vorstellen, was in dem Aktendeckel sein könnte, und als sie ihn vorsichtig aufschlug, sah sie, daß es eine Kopie des Bewerbungsschreibens der Frau war. Sie war ein bißchen unsicher, ob sie sie lesen sollte – es erschien ihr so intim –, doch dann fiel ihr Blick auf die Tasche mit den Luxuslebensmitteln, und irgendwie gab ihr das das nötige Selbstvertrauen, um die Bewerbung zu lesen. Sie hieß Celeste und war einundvierzig. Sie hatte »viel gekellnert«, war Verantwortliche in einem Sommerlager für Mädchen gewesen und stammte aus Heron's Neck, Maine, wo ihr Schwager eine Pension für Sommergäste betrieb. Auch dort hatte sie schon gearbeitet. Das Hotel hatte früher ihren Eltern gehört. Das klingt sehr schön, dachte Minna und vergaß, wie müde sie gewesen war. Mit einemmal packte sie der Ordnungsdrang: Stolz arrangierte sie die kleinen Dosen mit den seltsamen Lebensmitteln auf dem Bord über ihrem Schreibtisch. Dann sah sie im Fernsehprogramm nach, ob ein Spätfilm mit Alec Guinness kam. Mrs. Elwood würde es wissen wollen, und die Neue fühlte sich vielleicht einsam. Und tatsächlich – an diesem außerordentlich überraschenden Tag kam ein Film mit Alec Guinness. Minna öffnete die Tür zum Korridor des Wohnheims und ging vor sich hin summend zu Celestes Zimmer. Was für ein wunderbarer Tag das war, dachte sie. Sie wünschte sich nur, sie könnte sich an den Namen des Lieben Mädchens erinnern, aber sie konnte ja Mrs. Elwood fragen.

Minna klopfte leise an Celestes Tür und hörte – oder glaubte zu hören –, daß jemand »Herein« murmelte. Sie öffnete die Tür und zögerte einzutreten, denn drinnen war es dunkel – nur die Tischlampe mit dem knorrigen Hals richtete ihr schwaches Licht auf das Stuhlkissen. Wie die meisten Zimmer am Stirnende eines Wohnheims war auch dieses weder quadratisch noch rechteckig. Jedwede Symmetrie war rein zufällig. Es gab fünf Ecken, in denen die Decke fast bis auf den Boden reichte, und gegenüber den Ecken diverse Alkoven. In einer dieser niedrigen Nischen befand sich das Bett, eigentlich eher eine Koje, und Minna sah, daß man versucht hatte, es vom Rest des Zimmers abzutrennen. Eine schwere, karminrote Decke war an der Schräge befestigt, und zwar so, daß sie das Bett in der Nische verdeckte. Minna bemerkte, daß die Decke sich bauschte, und nahm an, daß über dem Bett ein Fenster offen stand. Im ganzen Raum herrschte frühabendliche Kühle, und es war etwas zugig, doch es hing ein schwerer, animalischer, moschusartiger Geruch im Raum, so stark wie der von Kaffee, und er erinnerte Minna – seltsam, dachte sie – an einen Spätnachmittag im letzten Sommer, als ihr Bruder in Boston gewesen war und sie ins Varieté eingeladen hatte. Auf dem Rückweg in der U-Bahn hatten sie den ganzen Wagen allein für sich gehabt, bis eine dicke Negerin in einem sehr bunten, mit Blumen bedruckten Kleid eingestiegen war und sich ein paar Plätze weiter hingesetzt hatte. Die Negerin war aus dem warmen Regen, aus dem feuchten U-Bahnhof gekommen, und mit einemmal war der Wagen von diesem starken Geruch erfüllt gewesen, dem Geruch eines heißen Sommertags in einem Keller mit einem Boden aus gestampftem Lehm, einem Keller, in dem den ganzen Winter über Marmeladen und eingemachte Bohnen gestanden haben. »Celeste?« flüsterte Minna und hörte wieder ein Murmeln von der anderen Seite der Decke, spürte wieder den irgendwie erregenden, gefährlichen Geruch. Sacht zog Minna einen Zipfel der Decke zurück; das schwache Licht der Tischlampe beleuchtete den langen, großen Körper von Celeste, die in einem eigenartigen Schlaf lag. Das Kissen lag unter ihren Schulterblättern, so daß ihr Kopf in den Nacken gefallen und der lange Hals elegant gestreckt war – elegant trotz einer sehnigen Stärke, auf die die hervorgetretenen Muskeln hinwiesen, welche Minna selbst in diesem schlechten Licht bis zu den hohen, gewölbten Schlüsselbeinen und dem Brustkorb verfolgen konnte. Ihre Brüste waren straff und fest und sackten nicht zu den Achselhöhlen. Minna hatte bisher nur die Brüste betrachtet, und doch wußte sie schon, daß Celeste ganz nackt war. Ihre Hüften waren gewaltig breit, neben den Hüftknochen lagen in ordentlicher Symmetrie zwei flache Vertiefungen, und trotz der gewissen Massigkeit eines jeden Körperteils – der schweren, bäuerlichen Stärke der Knöchel, der glatten Rundung ihrer Oberschenkel – bewirkten die Länge von Celestes Taille und die unglaubliche Länge ihrer Beine, daß sie fast schlank wirkte. Minna sprach sie noch einmal an, lauter diesmal, und wünschte dann, als sie ihre eigene Stimme hörte, sie hätte nichts gesagt – wie furchtbar, wenn die arme Frau aufwacht und *mich* hier sieht, dachte sie. Dennoch ging sie nicht. Dieser furchterregende Körper – furchterregend in der Art, wie er mit einem Potential für kraftvolle Bewegung erfüllt war – ließ Minna nicht vom Bett weichen. Celeste begann sich leicht zu bewegen, zunächst nur die Hände. Die breiten, flachen Finger krümmten sich, ihre Hände formten eine Schale, als wollten sie ein kleines, verletztes Tier halten. Dann drehte sie die Handflächen nach unten, und ihre Finger zupften an den Falten des Bettuchs. Minna wollte sich vorbeugen und die Hände beruhigen, denn sie fürchtete, Celeste könnte durch die Bewegungen aufwachen, doch ihre eigenen Hände, ihr ganzer Körper waren wie erstarrt. Celeste drehte sich auf einem Ellbogen und bog ihren Rücken durch, und ihre Hände fielen mit einem leisen Klatschen auf ihren breiten, flachen Bauch. Celeste begann, langsam und leicht zunächst, doch dann immer fester und mit den Handwurzeln, ihren Bauch zu reiben. Die Hände bewegten sich zu den Vertiefungen neben den Beckenknochen, kneteten die lose, entspannte Haut und fuhren dann über die Taille, die Hüften hinunter unter die Oberschenkel und hinauf, unter den Pobacken hindurch zur Wölbung des Rückens. Celeste stemmte sich hoch, bog abermals ihren Rücken durch, stärker diesmal, ihre dicken Halsmuskeln traten, gerötet von der Anstrengung, hervor, und ihr Mund, der eben noch entspannt gewesen war, verzog sich in den Winkeln zu einem sinnlosen Grinsen. Sie öffnete die Augen, blinzelte blicklos (Minna sah nur das Weiße) und schloß sie dann wieder. Ihr ganzer Körper entspannte sich sanft und schien tiefer ins Bett und in einen echteren Schlaf zu sinken, die langen, reglosen Hände zwischen ihren Oberschenkeln. Minna schob sich rückwärts aus dem Alkoven, bemerkte die Tischlampe und schaltete sie aus. Dann ging sie hinaus und achtete darauf, die Tür leise zuzumachen.

In ihrem Zimmer lächelten ihr die bunten Dosen mit den fröhlichen Lebensmitteln vom Schreibtisch entgegen. Minna setzte sich und sah sie an. Sie fühlte sich seltsam erschöpft – es wäre wirklich schön gewesen, wenn Mrs. Elwood und Celeste ihr beim Fernsehen Gesellschaft geleistet hätten: Sie hätten erlesen aus den bunten Dosen speisen können. Allerdings hätte sie nicht genug Vorspeisengabeln für alle gehabt. Selbst wenn Mrs. Elwood allein käme, gäbe es keine Gabel für sie... Außerdem, dachte Minna, habe ich gar keinen Dosenöffner. Sie mußte Mrs. Elwood noch von dem Film heute abend erzählen, doch während sie so dasaß, spürte sie wieder diese seltsame Erschöpfung. Celeste *wirkte* eindeutig jünger als einundvierzig, dachte Minna. Natürlich war das Licht schlecht gewesen, und im Schlaf waren Krähenfüße immer geglättet und gemildert. Aber sie hatte ja gar nicht *wirklich* geschlafen. Für Minna hatte es nicht *ganz* nach einem Traum ausgesehen. Und wie schwarz ihr Haar war! Vielleicht war es gefärbt. Die Arme, sie mußte sehr müde und aufgeregt gewesen sein. Dennoch – Minna konnte der Peinlichkeit des Ganzen nicht entkommen! Es war ein wenig so, als läse man eine Autobiographie. Peinliche Berührtheit war für Minna ein Grundgefühl, das sie oft stellvertretend für andere, aber fast nie für sich selbst empfand; es schien keine verschiedenen *Arten* von peinlicher Berührtheit zu geben, und als Gradmesser konnte bei Minna daher nur die Dauer des Gefühls dienen.

Nun ja, sie hatte noch eine Menge zu erledigen, und sie tat besser daran, gleich damit anzufangen. Erst einmal Mrs. Elwood und der Film. Eine zweite Gabel und einen Dosenöffner. Sie würde Mrs. Elwood nach dem Namen des Mädchens fragen. Aber Mrs. Elwood würde sich sicher erkundigen, ob Minna Celeste bereits kennengelernt hatte – und was würde sie dann antworten? Daß sie zu ihr gegangen sei, das arme Ding aber geschlafen habe? Dann würde Celeste wissen, daß sie dort gewesen war. Und die Tischlampe – Minna hätte sie nicht ausschalten sollen. Sie hätte alles so lassen sollen, wie es war. Einen verwegenen Augenblick lang dachte Minna, sie könne ja noch einmal in Celestes Zimmer gehen und die Tischlampe wieder anschalten. Dann dachte sie: Was für ein Unsinn! Celeste hatte geschlafen und nichts von dem bemerkt, was Minna gesehen hatte. Außer natürlich, daß sie nackt gewesen war. Na und? Celeste würde das egal sein. Und Minna merkte plötzlich, daß sie Celeste bereits zu kennen glaubte; sie konnte diesen Gedanken nicht aus ihrem Kopf verbannen. Es schien ihr, als kenne sie sie tatsächlich, und das war doch albern. Jemanden zu kennen setzte für Minna eine lange, langsam gewachsene Vertrautheit voraus. Dieses Mädchen zum Beispiel, mit dem sie einen so wunderschönen Nachmittag verbracht hatte, kannte sie überhaupt nicht.

Wieder leuchteten die Dosen auf ihrem Schreibtisch ihr fröhlich entgegen, doch wieder spürte Minna diese eigenartige Erschöpfung. Wenn sie Mrs. Elwood nichts von dem Film heute abend sagte, konnte sie gleich ins Bett gehen; natürlich würde sie dann einen Zettel an die Tür hängen müssen: HEUTE KEINE NACHRICHTEN – damit die Mädchen Bescheid wußten. Der Gedanke ans Bett schien jedoch nicht ganz das zu sein, was ihre Erschöpfung erforderte; bei Lichte besehen kam es gar nicht in Frage, ins Bett zu gehen. Mrs. Elwood sieht Alec-Guinness-Filme so gerne, dachte Minna. Wie komme ich nur auf so eine Idee? Sie betrachtete wieder die Dosen, und die Fremdartigkeit der kleinen, bunten Etiketten hatten etwas Abstoßendes. Plötzlich klopfte es zweimal, und Minna schreckte hoch – als wäre sie, fuhr es ihr durch den Kopf, bei etwas Unrechtem ertappt worden.

»Minna? Minna, sind Sie da?« Es war Mrs. Elwood. Minna öffnete zu langsam, zu vorsichtig und sah Mrs. Elwoods verwundertes Gesicht.

»Du liebe Zeit, Minna, waren Sie schon im Bett?«

»Aber nein!« rief Minna.

Mrs. Elwood trat ein und sagte: »Herrje, wie dunkel es hier ist!«, und Minna wurde bewußt, daß sie das Deckenlicht nicht angeschaltet hatte. Nur die Tischlampe brannte – ein einsamer, flackernder Lichtkegel, der die bunten Dosen beleuchtete.

»Oh, was ist denn das?« fragte Mrs. Elwood und ging vorsichtig zum Tisch.

»Ich habe einen herrlichen Nachmittag verbracht«, sagte Minna. »Ich habe in der Stadt eins der Mädchen getroffen, und dann sind wir gemeinsam nach Cambridge gefahren, haben einen Einkaufsbummel gemacht, sind ins

Kino gegangen und haben in einem deutschen Restaurant gegessen. Ich bin gerade erst zurückgekommen. Vor zwanzig Minuten ungefähr.«

»Ja, vor zwanzig Minuten«, sagte Mrs. Elwood. »Ich hab Sie beide kommen sehen.«

»Ach, dann haben Sie sie ja auch gesehen. Wie heißt sie?«

»Sie haben den ganzen Nachmittag mit ihr verbracht und wissen nicht, wie sie heißt?«

»Ich sollte es wissen, ja. Sie kommt ab und zu zum Fernsehen. Aber ich wäre mir dumm vorgekommen, wenn ich sie gefragt hätte.«

»Du liebe Zeit, Minna!« sagte Mrs. Elwood. »Das war Molly Cabot, und sie scheint mehr Zeit in Geschäften und Kinos zu verbringen als im Unterricht.«

»Sie war sehr nett«, sagte Minna. »Ich hab nicht daran gedacht, daß sie eigentlich im Unterricht sein sollte. So ein nettes Mädchen. Ich hatte allerdings das Gefühl, daß sie einsam ist. Aber sie ist doch nicht in Schwierigkeiten, oder?«

»Tja, Schwierigkeiten«, wiederholte Mrs. Elwood, drehte eine der seltsamen Dosen in der Hand, musterte das Etikett und stellte sie mit einem mißbilligenden Stirnrunzeln wieder zu den anderen. »Ich würde sagen, wenn sie nicht aufhört, den Unterricht zu schwänzen, wird sie Schwierigkeiten bekommen.«

»Es tut mir wirklich leid«, sagte Minna. »Sie war so nett. Es war ein herrlicher Tag.«

»Na ja«, sagte Mrs. Elwood ungerührt, »vielleicht reißt sie sich zusammen.«

Minna nickte. Sie war traurig und wünschte, sie könnte helfen. Mrs. Elwood besah sich noch immer die Dosen, und Minna hoffte, daß sie die extravagante Vorspeisengabel nicht bemerkte.

»Was ist eigentlich da drin?« fragte Mrs. Elwood und nahm eine andere Dose in ihre fleischige Hand.

»Das sind Delikatessen aus fremden Ländern. Molly hat gesagt, sie schmecken sehr gut.«

»Ich würde nichts zu essen kaufen, wenn ich nicht wüßte, was es ist«, sagte Mrs. Elwood. »Du lieber Himmel, vielleicht ist es *verdreckt!* Vielleicht kommt das Zeug aus *Italien* oder so!«

»Ach, ich fand sie bloß hübsch«, sagte Minna, und die mittlerweile vertraute Erschöpfung schien ihren Körper und ihre Zunge zu lähmen. »Es war eine nette Art, den Nachmittag zu verbringen«, murmelte sie. Etwas Bitteres schlich sich in ihre Stimme. Das überraschte sowohl sie als auch Mrs. Elwood und ließ in dem kleinen Raum eine unbehagliche Stille eintreten.

»Sie sind bestimmt sehr müde«, sagte Mrs. Elwood. »Ich werde einen Zettel für die Mädchen aufhängen, und Sie gehen ins Bett.« Ihre Bestimmtheit schien Minnas Erschöpfung genau zu entsprechen und machte jeden Widerspruch unnötig. Minna erwähnte den Alec-Guinness-Film nicht einmal mehr.

Doch ihr Schlaf wurde von verschwommenen Phantomen gestört, die sich mit einem gelegentlichen Knarren auf dem Korridor verbündet zu haben schienen – vermutlich waren das die Mädchen, die kamen, um die Nachrichten zu sehen, und nun ratlos den Zettel an der Tür lasen.

Einmal war Minna sicher, daß Celeste im Zimmer war, immer noch ehrfurchtgebietend gewaltig und nackt und umgeben von grotesken Zwergen – sie wirkten wie diese schrecklichen Schlangen- oder Fischmenschen, wie Schalentiere aus dem Silur, die träumerisch langsam aus einem Bild von Breughel oder Bosch gekrochen waren. Einmal erwachte Minna, spürte das warme Gewicht ihrer müden Hände an ihren Seiten und fühlte sich von ihrer eigenen Berührung abgestoßen. Sie streckte sich wieder aus, mit abgespreizten Armen, und schob die Finger unter die Matratze, als wäre sie an eine Folterbank gefesselt. Hätte sie etwas aus einer der seltsamen Dosen gegessen – was nicht der Fall war –, so hätte sie ihre Alpträume diesem Umstand zugeschrieben. Doch so, wie die Dinge lagen, war ihr der Grund für ihren unruhigen Schlaf ziemlich rätselhaft.

Wenn sich das Gefühl peinlicher Berührtheit noch einmal bei Minna meldete, wenn sie irgendwelche dauerhaften Vorbehalte gegen Celeste hatte, so war nichts davon zu spüren. Wenn sie neidisch war auf die Leichtigkeit, mit der Celeste sich auf andere einstellte – auf ihre schnelle Vertrautheit mit den Mädchen, mit dem schroffen Flynn, besonders mit Angelo –, so war ihr das nicht bewußt. Tatsächlich fiel ihr erst mehrere Wochen nach dieser ersten schrecklichen Nacht ein, daß Mrs. Elwood sie nicht einmal *gefragt* hatte, ob sie und Celeste sich schon miteinander bekannt gemacht hatten. Minna sah jetzt auch Molly Cabot öfter als früher; sie fühlte sich verpflichtet, sich mehr um sie zu kümmern, sie auf eine leise, unaufdringliche Art zu bemuttern. Dieses Pflichtgefühl trübte jedoch keineswegs ihre Freude über Mollys Gesellschaft. An den Tagen, die sie gemeinsam verbrachten, genoß Minna diese scheue, verschwiegene Nähe. Je mehr sie mit Molly zusammen war, desto weniger sah sie von Angelo – was sie nicht hinderte, sich Sorgen um ihn zu machen. Angelo war, wie Mrs. Elwood bereits bemerkte, »ziemlich begeistert« von Celeste. Er brachte ihr Blumen – teure, bunte, geschmacklose Blumen, die er nicht im Common gestohlen haben konnte, sondern gekauft haben mußte. Und Celeste war außerdem das Ziel einer anderen, weniger offensichtlichen Bewunderung. An den Samstagen durften die Mädchen die Jungen, mit denen sie sich für das Wochenende verabredet hatten, zum Mittagessen mitbringen, und da erregte Celeste zweifellos einiges Aufsehen. Die Blicke, die die Jungen ihr zuwarfen, waren selten flüchtig; es waren dieselben durchdringenden, gewichtigen Blicke, wie sie Celeste von Flynn bekam, wenn sie den Kopf wandte und er sie heimlich und grüblerisch aus der Deckung seiner Töpfe und der Essensausgabe beobachtete. Minna fand Flynns Verhalten, sofern er sich überhaupt etwas dabei dachte, unschicklich und das der Jungen schlicht ungezogen. Wenn Angelos Bewunderung ihr Anlaß zur Sorge war, so nur insofern, als sie das für ein weiteres Beispiel für Angelos traurigen Hang zur Selbstentblößung hielt. Celeste bedeutete für Angelo gewiß keine Gefahr. Angelo war, wie immer, nur eine Gefahr für sich selbst.

Minna fühlte sich in Celestes Gesellschaft sehr wohl. Innerhalb von zwei Monaten hatte Celeste sich eingelebt; sie war lebhaft, ein bißchen rauh, aber immer freundlich.

Angesichts dessen, was Minna ihren »Modigliani-Charme« nannte, waren die Mädchen entweder offensichtlich beeindruckt oder aber neidisch, und Flynn schien seine düsteren Beobachtungen sehr zu genießen. Mrs. Elwood fand Celeste charmant, wenn auch etwas kühn. Minna mochte sie.

Im Juni, wenige Wochen vor Ende des Schuljahrs, kaufte Celeste sich ein altes Auto – einen verbeulten Veteranen des Bostoner Verkehrs. Einmal fuhr sie Minna und Molly Cabot zu einem nachmittäglichen Einkaufsbummel nach Cambridge. Der Wagen roch nach Sonnenöl und Zigaretten – und nach jenem eigentümlichen, schweren Duft, so stark wie der von Kaffee, dem Geruch von abgedeckten Möbeln in unbenutzten Sommerhäusern. Celeste fuhr wie ein Mann, mit einem Arm aus dem Fenster und energischen Lenkradbewegungen, sie schaltete abrupt herunter und lieferte den Taxifahrern Rennen. Der Motor murrte und ruckte bei plötzlichen Beschleunigungen, worauf Celeste erklärte, der Vergaser sei verschmutzt oder falsch eingestellt. Minna und Molly nickten voll ehrfürchtiger Verwirrung. Celeste verbrachte ihre freien Tage am Revere Beach; sie wurde sehr braun, beklagte sich aber, das Wasser sei »wie Pisse«. Es war eine aktive, unternehmungslustige Zeit.

Der Juni versetzte die Mädchen in eine gewisse Ungeduld, was Flynn reizbar machte. Er schwitzte ohnehin immer stark, litt jedoch besonders darunter, wenn die frühen und langen Bostoner Sommer hereinbrachen. Minna hatte sich an die Hitze gewöhnt – sie schien ihr nicht viel auszumachen, und sie bemerkte, daß sie kaum noch schwitzte. Angelo war natürlich wie immer blaß und pudertrocken – weder sein Gesicht noch sein Körper paßten zur Jahreszeit. Celeste sah feucht-warm aus.

Der Juni war fast vorbei, die Mädchen wirkten fröhlicher und waren nun öfter in gutaussehender Begleitung, und an den Wochenenden hatte der Eßsaal etwas von einer munteren, zu streng im Zaum gehaltenen Party. Bald würden für die Zeit der Ferienkurse andere Mädchen im Wohnheim einziehen, und diese Zeit war ohnehin anders: leichter, luftiger – und für die Küche bedeutete sie, daß weniger gegessen wurde. Alles bekam etwas deutlich Entspanntes. Angelo überreichte Celeste einen gewaltigen Blumenstrauß und fragte sie, ob sie mit ihm ins Kino gehen wolle. Ihre Köpfe reckten sich zu beiden Seiten des Straußes, Angelo in Erwartung einer Antwort, Celeste eher amüsiert, und zwar sowohl über die Größe des Buketts als auch über Angelos Frage.

»In was für einen Film möchtest du denn gehen, Angelo?« fragten ihr breiter, starker Mund, ihre kräftigen weißen Zähne ...

»Ach, irgendeinen. Wir müssen in ein Kino in der Nähe gehen. Ich hab kein Auto.«

»Dann können wir ja mal in meinem fahren«, sagte Celeste. Und dann, mit einem Blick auf den lächerlichen Blumenstrauß: »Wo sollen wir die nur hinstellen? Ans Fenster, damit sie Flynn nicht im Weg sind? Ich mag Blumen vor dem Fenster.«

Eilig räumte Angelo das Fensterbrett frei. Flynns Blick folgte Celeste von irgendwo aus dem Dampf und wanderte ihren langen Rücken hinab zu den kräftigen Beinen –

ihre breiten, straffen Pobacken mühten sich unter dem Gewicht von Krokussen und namenlosem Grün, von lila Zweigen und ungeöffneten Knospen.

An diesem Freitagabend, dem letzten Freitag des Schuljahrs, dem letzten Wochenende vor den Abschlußprüfungen, kamen nur sehr wenige Mädchen zu den Nachrichten in Minnas Zimmer. Die meisten waren vermutlich beim Lernen, und die, die nicht lernten, wären lieber ausgegangen, um *wirklich* nicht zu lernen, anstatt mit den Fernsehnachrichten einen Kompromiß einzugehen. Am Nachmittag hatte es geregnet. Man hatte den Regen riechen können – er war auf den Bürgersteigen verdampft, und die Straßen waren schon fast wieder trocken. Nur ein paar lauwarme Pfützen blieben zurück, und die Abendluft war so feucht und stickig wie in einem Waschsalon. Die Hitze hatte etwas von jener dumpfen Sinnlichkeit, die in der Phantasie der Bostoner auf den von Sümpfen umgebenen Veranden der Herrenhäuser von Südstaaten-Plantagen herrscht, komplett mit einer Frau, die sich nackt in einer Hängematte räkelt. Minna fühlte sich angenehm müde; sie saß am Fenster und sah auf die kreisförmige Zufahrt zum Wohnheim. Es war ein kiesbestreuter Privatweg mit hohen Bordsteinen, und von hier oben wirkte sie eingeschnitzt, fast als wäre sie in den Ulmenbestand und den grünen, grünen Rasen geätzt. Minna sah Celeste, die, die Arme in die Seiten gestemmt, an einen Baum gelehnt dasaß. Sie hatte die Beine ausgestreckt, so daß ihre Füße über den Bordstein auf den Weg ragten. Bei jeder anderen Frau wäre das eine unschickliche Haltung gewesen, doch Celeste verlieh sie irgendwie eine Aura ruhender Erhabenheit: eine liegende Gestalt, nicht wirklich träge, eher wollüstig hingegossen. Sie war ein wenig extravagant gekleidet: ein kurzärmeliges Jerseyhemd mit hohem Kragen, das über den Bund eines dieser Wickelröcke hing, eines dieser Dinger, die immer irgendwo einen Schlitz hatten, und bei Celeste enthüllte der Schlitz die Seite und Rückseite ihres festen, gerundeten Oberschenkels. Sie hätte eine vornehme chinesische Dame sein können, die am Ufer eines stillen Kanals ruhte und auf einen Sampan wartete, der sich gewiß bald zwischen Eukalyptusbäumen hindurch zu ihr schlängeln würde.

Die Mädchen blieben nach den Nachrichten und sahen sich die Wettervorhersage an, bei der ein adretter kleiner Mann in der Wetterwarte am Flughafen Logan seine Karte mit den komplexen Linien akribisch erläuterte. Die Wochenendpläne der Mädchen hingen offenbar vom guten Wetter ab, und sie waren alle da – Minna am Fenster, Celeste auf dem Rasen am Baum –, als ein Motorrad mit dunkelgrün gespritztem Tank langsam in den rechtwinklig von der Straße abzweigenden Kiesweg einbog, vorsichtig die Kurve der Zufahrt nahm und nur wenig schliddernd vor dem Wohnheim zum Stehen kam. Der Fahrer war ein junger Mann, sehr braungebrannt und blond, mit einem bemerkenswert kindlichen Gesicht. Seine Schultern wirkten beinahe spitz, und der Kopf schien im Verhältnis zum Körper zu klein; er hatte lange, dünne Arme und Beine und trug einen gutsitzenden beigen Sommeranzug, in dessen Brusttasche ein Taschentuch aus Wildseide steckte. Er hatte keine Krawatte umgebunden, und sein weißes Hemd stand am Kragen offen. Auf dem Soziussitz saß Molly

Cabot. Sie tänzelte zum Eingang und wartete auf den Fahrer, der ziemlich langsam und steif von der Maschine stieg. Er trat mit Molly in die Eingangshalle; er ging wie ein Sportler, der seine Verletzung mit stoischem Gleichmut trägt. Minna wandte sich dem Wetterbericht zu und sah, daß alle Mädchen inzwischen ebenfalls am Fenster standen.

»Dann ist sie also tatsächlich mit ihm aus gewesen!« sagte eines der Mädchen.

»Wir werden wohl nie erfahren, was daraus geworden ist«, fügte eine andere hinzu.

Alle saßen am Fenster oder beugten sich hinaus und warteten darauf, daß der Motorradfahrer wieder auftauchte. Er blieb nicht lange im Haus, und als er wieder hinaustrat, sah er sich um und fingerte an ein paar Schrauben an seinem Motorrad herum. Seine Bewegungen waren fahrig, und er schien gar nicht die Absicht zu haben, etwas zu reparieren; es waren die Bewegungen eines Mannes, der sich beobachtet fühlt – oder sich zumindest so benimmt, als würde er beobachtet. Er stand über der Maschine und trat kräftig auf den Kickstarter. Das Geräusch, das auf das erste saugende Schmatzen folgte, ließ die Zuschauerinnen am Fenster zusammenzucken. Auch Celeste richtete sich aus ihrer halb liegenden Stellung am Baum auf und rückte ein wenig näher an den Bordstein. Das Motorrad fuhr die Zufahrt hinunter in Celestes Richtung, und kaum war es an ihr vorbei, da leuchtete das Bremslicht auf. Das Hinterrad rutschte leicht auf den Bordstein zu, und der Fahrer stellte, als die Maschine zum Stehen kam, den Fuß auf den Boden. Dann richtete er sich im Sattel auf und schob das

Motorrad rückwärts zu Celeste. Eines der Mädchen lief zum Fernseher, schaltete ihn aus und kehrte rasch zu der Traube am Fenster zurück. Man konnte nicht hören, was der junge Mann sagte, denn er hatte den Motor nicht abgestellt. Celeste schien gar nichts zu sagen. Sie lächelte bloß und betrachtete das Motorrad und den Mann mit gespielt prüfenden Blicken. Dann stand sie auf, stellte sich vor die Maschine, bewegte ihre Hand ein- oder zweimal vor dem Scheinwerfer, tippte auf eines der Instrumente, die am Lenker befestigt waren, trat von dem Motorrad und dem jungen Mann zurück und musterte beide, wie es den Zuschauern am Fenster schien, mit einem letzten taxierenden Blick. Im selben Augenblick, so kam es ihnen vor, klopfte Molly Cabot einmal an die Tür, trat in Minnas Zimmer und sagte: »Donnerwetter!« Alle sprangen auf und gaben sich den Anschein, als wären sie beschäftigt. Ein Mädchen wollte verlegen den Fernseher wieder einschalten, doch Molly ging direkt zum Fenster, sah hinunter auf die Zufahrt und sagte: »Ist er weg?« Sie konnte gerade noch sehen, wie Celeste dem Motorradfahrer die Hand reichte und sich geschickt und mit einer angesichts ihrer Länge und ihres Gewichts erstaunlichen Beweglichkeit auf den Sozius schwang. Der Rock war ein kleines Problem: Sie mußte ihn verschieben, bis der Schlitz hinten war. Dann schmiegte sie die starken Beine an Sitz und Fahrer und schlang ihre Arme um ihn – ihr Kopf war fünf Zentimeter höher als der des Fahrers, und ihr Rücken und ihre Schultern schienen breiter als seine. Der Fahrer verlagerte sein Gewicht auf das linke Bein, hielt die Maschine mit Mühe aufrecht und legte mit dem rechten Fuß den

Gang ein. Langsam fuhren sie in leichten Schlangenlinien bis zum Ende der Zufahrt, wo sich die Maschine, nachdem sie den kiesbestreuten Weg hinter sich gelassen hatten, nur ganz leicht schliddernd in den Verkehr auf der breiten Straße einreihte. Am Fenster hörte man das Geräusch der ersten drei Gänge; entweder blieben der Fahrer und sein Motorrad im vierten Gang, oder aber das Motorengeräusch wurde für die Zuschauer dort oben vom gelegentlichen Hupen und anderen nächtlichen Verkehrsgeräuschen verschluckt.

»Dieses Schwein«, sagte Molly Cabot kühl und analytisch – und, wie man den Gesichtern der anderen Mädchen entnehmen konnte, erwartungsgemäß.

»Vielleicht fährt er mit ihr bloß um den Block«, sagte jemand. Es klang nicht sehr überzeugend, ja nicht einmal hoffnungsvoll.

»Bestimmt«, sagte Molly, wandte sich vom Fenster ab und ging schnurstracks hinaus.

Alle Mädchen kehrten zum Fenster zurück. Dort saßen sie geschlagene zwanzig Minuten und starrten in die Nacht, bis Minna sagte: »Der Film fängt sicher gleich an. Will jemand hier bleiben und ihn sich mit mir ansehen?« Plötzlich war es eine Nacht, in der etwas Außergewöhnliches geschehen mußte, dachte Minna – darum die extravagante Idee, sie alle einzuladen, den Film anzusehen. Wenn Mrs. Elwood käme – das war ja möglich –, würde sie nicht erfreut sein. Sie würde Minna zur Rede stellen, wenn die Mädchen gegangen waren.

»Warum nicht?« sagte eine.

Als wäre alles nicht schon schlimm genug, stellte sich

heraus, daß es sich bei dem Film um ein altes Musical handelte. Die Mädchen kommentierten jede Szene, jedes Lied mit vernichtender Grausamkeit. Während der Werbeeinblendungen und jedesmal, wenn ein vielversprechendes Brummen von der Straße zu hören war, eilten sie ans Fenster, ganz gleich, welchen neuen Höhepunkten musikalischer Folter der Film gerade entgegenstrebte. Als er vorbei war, zeigten sie wenig Lust zu gehen (manche bewohnten Zimmer, deren Fenster nicht auf die Zufahrt gingen) und schienen fest entschlossen, die ganze Nacht zu wachen. Minna fragte sie schüchtern und höflich, ob sie wohl zu Bett gehen dürfe, und die Mädchen spazierten hinaus auf den Korridor und machten dabei wahllos kleine spitze Bemerkungen. Sie schienen nicht wütend auf Celeste zu sein, nicht einmal aus Mitleid mit Molly; im Gegenteil – Minna hatte den Eindruck, daß sie über die Entwicklung der Dinge regelrecht froh, auf jeden Fall aber aufgekratzt waren. Ihr Unmut entsprang dem Gefühl, auf gemeine Weise um den Höhepunkt der Show gebracht worden zu sein. Sie werden die ganze Nacht aufbleiben, dachte Minna. Wie schrecklich.

Doch auch Minna blieb auf und wartete. Hin und wieder nickte sie am Fenster ein und schreckte dann wieder hoch – sie schämte sich bei dem Gedanken, jemand könnte sehen, daß sie dort auf der Lauer lag. Es war nach drei Uhr morgens, als sie endlich zu Bett ging, und sie schlief unruhig. Sie war zu müde, um bei jedem ungewohnten Geräusch aufzustehen, und doch lauschte sie angestrengt darauf. Schließlich erwachte sie vom unverkennbaren Bullern des Motorrads, oder jedenfalls *eines* Motorrads. Sie hörte, daß es noch auf der Straße, an der Einmündung der Zufahrt, anhielt und der Motor im Leerlauf weiterbrummte. Er knurrte argwöhnisch und gab ein komisches, angestrengtes Geräusch von sich. Dann hörte sie, wie das Motorrad davonfuhr, wie die ersten drei Gänge ausgefahren wurden und das Brummen sich, wie zuvor, viele Blocks oder sogar Meilen weiter verlor. Nun lauschte sie auf Geräusche in der Zufahrt, auf das leise Knirschen von Füßen auf dem Kies. Sie hörte das gedämpfte Scharren und Klicken der Steine, das Schlurfen von Schuhen und Kies auf den Betonstufen der Treppe. Sie hörte, wie die Fliegentür und dann die Haupttür geöffnet wurde (einen Augenblick lang hatte sie erschrocken, ja fasziniert gedacht, sie könnte verschlossen sein) und kurz darauf die Tür am Ende des Korridors. Es war hell in ihrem Zimmer, und sie sah, daß es fast fünf Uhr war. Angelo und Flynn würden bald in der Küche sein – vielleicht waren sie auch schon da. Dann hörte sie andere Türen und das leise Klatschen nackter Füße, die von einem Zimmer zum anderen eilten. Sie hörte Flüstern, und dann schlief sie ein.

Am Samstag morgen regnete es. Es war ein feiner, unzureichender Sommerregen, der nur die Fenster beschlagen und winzige Schweißperlen auf den Oberlippen erscheinen ließ. Auf die Temperatur und Flynns Laune hatte er keine mäßigende Wirkung – es hätte ebensogut ein strahlender Sonnentag sein können. Kurz vor dem Mittagessen sagte Flynn, seit der Grippewelle im Dezember seien nicht mehr so wenige Mädchen zum Frühstück erschienen. Es machte ihn immer ärgerlich, wenn er große Mengen von Speisen vorbereitete und dann niemand kam, um sie zu essen. Außerdem ärgerte ihn der Speisezettel für das Mittagessen; er war aufgebracht, weil sie noch immer Suppe servieren sollten, wo es doch so verdammt heiß war (und alle sie ohnehin wieder zurückgaben). Trotz des Wetters waren eine Menge Jungen und Eltern im Eßsaal. Minna fand es immer bemerkenswert, daß alle das ganze Jahr über die Abschlußprüfungen redeten und am Wochenende vor diesen Prüfungen stets ausgelassenste Stimmung herrschte.

An jenem Morgen beobachtete Minna Celeste ziemlich genau. Sie hätte ihr gern eine Bemerkung gemacht, auch wenn sie nicht wußte, wie diese lauten sollte. Natürlich hatte Celeste nichts Unrechtes getan, trotzdem, schön war es auch nicht gewesen. Es war halt nur traurig, weil es alle gesehen hatten und nun bestimmt verletzt oder aufgebracht waren, was man ihnen auch wieder nicht verargen konnte. Ein eigenartiges Unbehagen überkam Minna – eine warme Erinnerung an einen durchdringenden Geruch, schwer und stark wie Kaffee, doch er verflog schnell.

Das Mittagessen mußte aufgetragen werden. Die meisten Mädchen saßen schon im Eßsaal, bevor die Suppe auf die Tische kam. Angelo beobachtete traurig die halb verblühten Blumen auf den vielen Fensterbänken und mußte sich von Flynn anschnauzen lassen, er solle endlich die Suppe servieren. Celeste war emsig dabei, Tabletts mit Kartoffelsalat und Suppenschüsseln in den Eßsaal zu tragen, und jedesmal, wenn sie wieder in die Küche kam, zog sie genießerisch an ihrer Zigarette, die sie auf der Kante des Büfetts abgelegt hatte. Minna arrangierte den Salat sorgfältig zu hübschen Mustern am Rand der Salatschüsseln und achtete darauf, daß die welken und braunen Teile unter den Kartoffeln verborgen waren.

Celeste nahm gerade den unvermeidlich letzten Zug aus ihrer Zigarette, als Molly Cabot die Aluminiumtür zur Küche aufstieß; mit zusammengepreßten Lippen trat sie ein und ließ die Tür zuschwingen. Angelo fuhr, ein paar Blumen in der Hand, herum, um zu sehen, wer gekommen war. Flynn starrte Molly gleichgültig an. Und Minna spürte ein gewaltiges Gewicht auf dem Zwerchfell, das nach innen oder außen drückte – es war schwer zu sagen, aus welcher Richtung der Druck kam. Unsicher und klein trat Molly Cabot einen Schritt vor, weg von der Tür. Sie starrte Celeste aus schmerzlich zusammengekniffenen Augen an, was wohl ein kläglicher Versuch sein sollte, die große, ruhige Frau einzuschüchtern.

»Du Flittchen, du Hure!« rief sie. Ihre Stimme war so schrill und scheppernd wie ein Teelöffel auf einer Untertasse. »Du *dreckiges* Flittchen!«

Und Celeste sah sie nur sanft lächelnd an – mit einem fragenden, noch immer verwirrten Gesicht, als wollte sie Molly auffordern, doch bitte fortzufahren.

Molly bekam sich wieder in die Hand, fand zu einer einstudierten Beherrschtheit, wie man sie im Rhetorik-Grundkurs lernt, und sagte: »Ich werde mich nicht so weit erniedrigen, auf deiner Ebene mit dir zu konkurrieren!« Das klang nicht überlegen, sondern immer noch wie ein Löffel auf einer Untertasse.

Minna sagte: »Molly, bitte! Laß das!« Und Molly trat, ohne den Blick von Celeste abzuwenden, unbeholfen einen Schritt zurück und tastete nach der Tür, und als sie

sie im Rücken spürte, lehnte sie sich dagegen und schwang mit ihr zurück – sie wirbelte gewissermaßen aus der Küche. Die Tür fiel pendelnd zu, brachte diesmal keine weiteren schlechten Überraschungen mit und klappte noch zweimal, bevor sie quietschend zum Stillstand kam. Minna sah Celeste entschuldigend an. »Celeste, bitte . . .«, begann sie, doch Celeste drehte sich mit derselben eindringlichen Ruhe, mit demselben fragenden Gesicht zu ihr um, mit dem sie Molly angesehen hatte.

»Ist schon gut, Minna«, sagte sie beruhigend, als spräche sie mit einem Kind.

Minna schüttelte den Kopf und wandte den Blick ab; es schien, als wollte sie jeden Augenblick in Tränen ausbrechen. Dann rüttelte Flynn scheppernd am Regal aus Aluminiumblech. »Herrgott!« brüllte er. »Was ist hier eigentlich los?«

Geraume Zeit sagte keiner etwas, und dann kam Angelos Auftritt: Mit einer eigenartig einstudierten Wut, die nie und nimmer seine eigene sein konnte, die er sich vielmehr bei zahllosen schlechten Filmen und Schulaufführungen abgeguckt haben mußte, trat er unbeholfen in die Mitte der Küche und verlor fast das Gleichgewicht, als er die welken Blumen auf den Boden warf. »Für wen hält sie sich eigentlich?« rief er. »Was glaubt sie, mit wem sie es zu tun hat? Wer *ist* sie denn schon?«

»Ein Mädchen, das Angst hat, ich könnte ihr den Freund ausgespannt haben«, sagte Celeste. »Wir haben gestern nacht eine kleine Spritztour gemacht, nachdem er sie hier abgesetzt hatte.«

»Aber deswegen darf sie das trotzdem nicht sagen!«

schrie Angelo, und Minna sah, daß sein sonst so blasses Gesicht hochrot war.

»Ich hab eine Tochter in ihrem Alter«, sagte Flynn. »Wenn die je so was sagen würde, würde ich ihr den Mund mit Seife auswaschen.«

»Das ist ja ein starkes Stück«, fuhr Celeste ihn an, »und ausgerechnet von Ihnen, Flynn! Halten Sie doch den Mund!«

Doch Angelo – sie hätten es wissen sollen – hatte endlich den entscheidenden Schritt in das dunkle, unlogische Schicksal getan, das sie möglicherweise alle auf ihn hatten warten sehen. Er machte eine schnelle, verstohlene Handbewegung und ging zur Aluminiumtür wie einer, der eine Vision seines eigentlichen Selbst gehabt hatte, eine Vision, die ihm gewinkt und zu folgen befohlen hatte. Er war hinaus, bevor irgend jemand etwas sagen oder auch nur eine Bewegung machen konnte. In der Küche herrschte eine gespenstische Stille.

Dann sagte Flynn: »Er hat die Seife aus der Spüle mitgenommen. Er hat sie mitgenommen!«

Celeste reagierte schneller als Flynn und Minna und stieß noch vor ihnen die Schwingtür auf. Es war sehr voll im Eßsaal, aber sehr still. Man hörte nur das gelegentliche Klirren eines Eiswürfels in einem Teeglas und das nervöse Knarzen von Stühlen. Mrs. Elwood saß vorne am Quertisch, umgeben von elegant gekleideten Eltern und Schülerinnen, die sich Servietten in den Kragen gesteckt hatten. Minna sah hilflos zu Mrs. Elwood, deren Kinn in unregelmäßigen Abständen zuckte. Angelo stand im Gang zwischen zwei Tischreihen am anderen Ende des Eßsaals und hielt das gelbgrüne Stück Seife in der Hand, als wäre es etwas sehr Schweres und Gefährliches, eine Bowlingkugel oder eine Handgranate. Er stand da wie Odysseus, der zu Penelope zurückgekehrt ist und sein Haus von der Horde der Freier säubern, sie alle enthaupten und in Stücke hakken wird, ein Mann, wild entschlossen, schreckliche Gewalttaten zu begehen. Molly Cabot hatte den Blick auf ihren Teller gesenkt und zählte gewissenhaft die Nudeln oder Reiskörner in ihrer Suppe. Angelo beugte sich über den Tisch, bis seine Nase fast ihr Haar berührte.

»Du wirst dich bei Miss Celeste entschuldigen«, sagte er leise, »du wirst aufstehen und dich entschuldigen, und zwar auf der Stelle.«

Molly sah nicht auf. Sie sagte: »Nein, Angelo.« Und dann fügte sie ganz leise hinzu: »Geh wieder in die Küche. Auf der Stelle.«

Angelo legte seine Hand mit der Fläche nach oben neben Mollys Teller und ließ die Seife in ihre Suppe gleiten.

»Auf der Stelle«, befahl er leise. »Entweder du entschuldigst dich bei ihr, oder ich wasche dir gründlich den Mund aus.«

Molly schob ihren Stuhl zurück und wollte aufstehen, doch Angelo packte sie an den Schultern, zog sie über den Tisch und begann ihren Kopf zum Suppenteller hinunterzudrücken. Das Mädchen neben Molly schrie – es war ein schriller, zielloser Schrei –, und Angelo legte die Hand auf Mollys Hinterkopf und drückte ihr Gesicht in die Suppe. Er tauchte sie kurz ein, nur einmal, und dann zog er sie an der Schulter heran und tastete mit der anderen Hand nach der Seife. Auf der anderen Seite des Gangs zwischen den Tischen saß ein Junge, und nun sprang er auf und rief: »Heh!« Doch Celeste war zuerst bei Angelo; sie faßte ihn um die Taille, hob ihn hoch, löste den Griff, mit dem er Molly gepackt hielt, und versuchte ihn über ihre Hüfte zu legen und den Gang hinunter in die Küche zu tragen. Aber Angelo konnte sich ihr entwinden und landete in den Armen des dicht behaarten Flynn. Der packte Angelo mit beiden Armen um die Brust – man konnte Angelo grunzen hören. Flynn drehte sich einfach um, bog den Rücken des schmächtigen Küchenhelfers in einem stumpfen Winkel und trug ihn in Richtung Küche. Celeste eilte ihnen voraus, war als erste an der Tür und hielt sie ihnen auf. Angelo trat um sich und fuchtelte mit den Armen. Er drehte den Kopf und versuchte zu sehen, wohin Molly ging. »Du Flittchen!« schrie Angelo. Seine Stimme war zu einem dünnen Sopran gepreßt. Und dann, nach einem letzten wilden Blick Angelos über Flynns Schulter, verschwanden die beiden durch die große Tür, gefolgt von Celeste. Die schwere Tür schwang zurück und schloß sich.

Minna sah noch, wie Molly Cabot aus dem Eßsaal rannte, eine Serviette vor das Gesicht gepreßt, die Bluse, die an ihrer mageren Brust klebte, mit Suppe bekleckert. Ihre verbrühten, beleidigten, affektierten Brüste schienen ihr die Richtung für ihren entschlossenen Abgang zu weisen. Mrs. Elwood nahm Minna am Arm und flüsterte vertraulich: »Ich will wissen, was das zu bedeuten hat. Was ist denn nur in ihn gefahren? Er muß sofort gehen. Auf der Stelle!«

In der Küche saß Angelo völlig aufgelöst auf dem Boden

und lehnte an einem Aluminiumschrank. Flynn tupfte ihm nicht sehr feinfühlig mit einem feuchten Handtuch den Mund ab; Angelo blutete aus dem Mund und saß zusammengesunken, mit Suppe bespritzt da, während ihm das Blut langsam über das Kinn lief. Er stieß ein hohes, klagendes Stöhnen aus – ein Wimmern wie von einem verlassenen Hund. Seine Augen waren geschlossen.

»Was haben Sie mit ihm gemacht?« fragte Celeste Flynn.

»Er muß sich auf die Zunge gebissen haben«, murmelte Flynn.

»Das stimmt, das stimmt«, sagte Angelo. Seine Stimme war von dem Handtuch, das Flynn gegen seine Lippen preßte, halb erstickt.

»Herrgott, was für ein dämlicher Itaker«, brummte Flynn.

Celeste nahm Flynn das Handtuch ab und schob ihn beiseite. »Geben Sie her«, sagte sie. »Sie reiben ihm noch das ganze Gesicht weg.«

»Ich hätte ihr eine Ohrfeige geben sollen«, stieß Angelo hervor. »Ich hätte ihr einfach eine knallen sollen.«

»Herrgott, hört euch das an!« rief Flynn.

»Halten Sie den Mund, Flynn«, sagte Celeste.

Minna hatte die ganze Zeit geschwiegen und sich in eine Ecke der Küche gedrückt. Jetzt sagte sie: »Er muß gehen. Mrs. Elwood hat gesagt, er muß auf der Stelle gehen.«

»Himmelherrgott, was soll er denn jetzt tun?« fragte Flynn. »Wo zum Teufel soll er denn hin?«

»Macht euch um mich keine Sorgen«, sagte Angelo. Er schlug die Augen auf und lächelte Celeste an. Sie kniete vor ihm und bat ihn, den Mund zu öffnen, damit sie seine Zunge untersuchen konnte. Aus einer Tasche in ihrem Kleid zog sie ein sauberes Taschentuch, mit dem sie vorsichtig seine Zunge abtupfte. Dann drückte sie ihm sanft den Mund zu, nahm seine Hand und sagte ihm, er solle das feuchte Handtuch an seine Lippen halten. Angelo schloß wieder die Augen, beugte sich vor und ließ den Kopf auf Celestes Schulter fallen. Celeste hockte sich auf die Fersen, legte ihren mächtigen Arm um Angelo und wiegte ihn langsam vor und zurück, vor und zurück, bis er sich an ihrer Brust zu einem kleinen Ball zusammenkuschelte. Wieder begann das seltsame Wimmern, doch diesmal klang es eher, als summe jemand ein Lied.

»Ich schließ die Tür ab«, sagte Flynn, »damit keiner reinkommt.«

Minna sah zu. In ihrer Kehle war ein dumpfer Schmerz, ein Vorbote von Tränen und großem Kummer, und gleichzeitig kroch eine Kälte in ihre Hände und Füße. Es war Haß – wie seltsam, dachte sie –, Haß auf Angelos Besitzerin Celeste, auf Celeste, die ihn gefangen hatte, die ihn nun an sich drückte, als wäre er ein wildes Kaninchen, das in eine Falle gegangen war. Sie beruhigte ihn, sie würde ihn zähmen; Angelo war ihr gehorsames Schoßtier, ihr Kind, ihr Mündel – er war besessen von diesem riesigen sinnlichen Körper, der jetzt und für immer sein großes, unerreichbares Ziel sein würde. Und er würde nicht einmal wissen, was es war, das ihn an sie fesselte.

»Angelo«, sagte Celeste leise, »mein Schwager hat ein Hotel in Maine. Es ist sehr schön dort, es liegt gleich am Meer, und du könntest dort arbeiten – du könntest umsonst dort wohnen. Im Winter ist nicht viel los. Man muß nur Schnee schaufeln und ein paar Sachen reparieren. Im Sommer kommen die Touristen zum Baden und Segeln; es gibt Boote und Strände, und meine Familie wird dir gefallen.«

»Nein«, sagte Minna. »Es ist zu weit. Wie soll er dorthin kommen?«

»Ich fahre ihn hin«, sagte Celeste. »Heute abend noch. Ich brauche mir nur einen Tag freizunehmen, nur morgen.«

»Aber er ist noch nie aus Boston rausgekommen«, sagte Minna. »Es würde ihm nicht gefallen.«

»Natürlich wird es ihm gefallen!« rief Flynn. »Das ist genau das richtige.«

»Celeste?« fragte Angelo. »Werden Sie auch dasein?«

»Ja, an den Wochenenden im Sommer«, sagte sie. »Und in den Ferien.«

»Wie heißt der Ort?« fragte Angelo. Er setzte sich, den Rücken an den Schrank gelehnt, auf und strich über ihr Haar. Seine fragenden, bewundernden Augen betrachteten ihr kräftiges schwarzes Haar, ihr grobknochiges Gesicht, den breiten Mund.

»Er heißt Heron's Neck«, sagte Celeste. »Alle Leute dort sind sehr nett. Du wirst dich ganz schnell mit ihnen anfreunden.«

»Ich wette, es wird dir dort gefallen, Angelo«, sagte Flynn.

»Wir fahren heute abend«, redete Celeste ihm zu. »Wir fahren, sobald wir dein Zeug in meinem Wagen verstaut haben.«

»Das können Sie nicht«, sagte Minna. »Sie können ihn nicht dorthin fahren.«

»Aber es dauert doch bloß einen Tag!« rief Flynn. »Herrgott, Minna, was ist denn schon ein Tag?«

Minna fuhr sich mit der Hand über das Gesicht. Der Puder war an den Augenwinkeln feucht und klumpig. Sie sah Celeste an.

»Sie können den Tag nicht frei haben«, sagte sie zu Celeste. »Es gibt im Augenblick viel zu tun.«

»Du lieber Himmel!« rief Flynn. »Dann fragen Sie doch Mrs. Elwood.«

»Ich bin für die Küche zuständig!« schrie Minna. »Ich hab dafür gesorgt, daß sie eingestellt wird, und das hier ist meine Sache.« Flynn wich Minnas Blick aus. Es war sehr still in der Küche.

»Und wenn ich heute nacht einfach mit Angelo fahren würde?« fragte Celeste.

»Dann brauchten Sie gar nicht mehr zurückzukommen«, sagte Minna.

»Angelo kann doch mit dem Bus fahren«, rief Flynn. Auf seinen Wangen leuchteten große Flecken, so rot wie Striemen.

»Ich will nicht allein fahren«, protestierte Angelo. »Ich kenne doch keinen dort«, fügte er verzagt hinzu.

Es war wieder still, und diesmal wich Flynn Celestes Blick aus. Celeste sah auf ihre Knie und strich dann über Angelos feuchtes Haar.

»Wir fahren jetzt gleich«, sagte sie langsam.

»Dann können wir dort zusammensein«, sagte Angelo und nickte schnell. »Sie können mir alles zeigen.«

»Das ist sowieso besser«, sagte Celeste. »So machen wir's.«

»Ich sollte mich noch von Mrs. Elwood verabschieden«, sagte Angelo.

»Wir können ihr ja eine Postkarte schicken, wenn wir angekommen sind«, schlug Celeste vor.

»Ja«, sagte Angelo. »Und Flynn und Minna auch. Was für eine Postkarte willst du, Flynn?«

»Vielleicht eine mit Meer und Steilküste«, antwortete er freundlich.

»Steilküste?« fragte Angelo Celeste.

»Klar«, sagte sie.

»Und was für eine wollen Sie?« fragte Angelo Minna, doch sie hatte sich abgewendet. Sie bückte sich, um die Blumen aufzuheben.

»Irgendeine, die dir gefällt«, sagte sie.

»Dann laß uns packen«, sagte Celeste.

»Wollt ihr nicht lieber zur anderen Tür raus?« fragte Flynn. »Da ist frische Luft.« Er öffnete die Tür zum Campus. Es hatte aufgehört zu regnen. Das Gras schimmerte und roch sehr saftig.

Als sie gegangen waren und Flynn die Tür geschlossen hatte, sagte Minna: »Tja, das wird eine Menge Arbeit für uns beide, aber wir werden schon zurechtkommen.«

»Klar werden wir schon zurechtkommen«, sagte Flynn. Dann fügte er hinzu: »Das war ziemlich gemein, finde ich.«

»Es tut mir wirklich leid, Flynn«, sagte sie mit einer dünnen, spröden Stimme, und dann sah sie die Schüsseln voller Suppe und Kartoffelsalat. O je, dachte sie, haben sie da draußen etwa die ganze Zeit gewartet? Doch als sie die Tür vorsichtig einen Spaltbreit aufdrückte und in den Eßsaal spähte, sah sie, daß er leer war. Mrs. Elwood mußte alle hinausgeschickt haben.

»Es ist niemand mehr da«, sagte sie zu Flynn.

»Sehen Sie sich bloß das ganze Essen an«, sagte er.

Vor den Nachrichten, vor dem Spielfilm, sitzt Minna in ihrem Zimmer und wartet darauf, daß es endlich dunkel wird. Ein sanftes, graues Licht liegt über der Zufahrt und den Ulmen, und Minna lauscht auf Geräusche aus Celestes Zimmer. Sie hält nach Celestes Wagen in der Zufahrt Ausschau. Inzwischen sind sie sicher losgefahren, denkt sie. Wahrscheinlich haben sie ihre Sachen woanders in den Wagen geladen; daran hat Celeste bestimmt gedacht. Es ist dämmrig in Minnas Zimmer; das schwache Abendlicht beleuchtet die wenigen bunten Dinge auf Minnas Tisch und Nachttisch, auf der Kommode und dem Fernseher und dem Couchtisch. Am meisten fallen die ungeöffneten, unberührten Dosen mit fremdländischen Früchten ins Auge. Die Vorspeisengabel wirft das Abendlicht stumpf zu Minna, die am Fenster sitzt. Arme Molly, denkt Minna. Wie schrecklich, daß sie weiter hiersein muß, wo alle Bescheid wissen. Und plötzlich empfindet sie dasselbe Mitleid mit sich selbst. Es ist jedoch nur ein ganz schwaches Mitleid, und schon bald ist sie froh, daß das Schuljahr fast vorbei ist.

Die Straßenlaternen gehen an. Ganze Reihen davon säumen den Campus und verleihen den Ulmen und dem Rasen denselben Glanz, der Minna schon gestern nacht aufgefallen ist: eine chinesische Landschaft mit einem Kanal – es fehlt nur Celeste. Minna verläßt das Fenster, schaltet die Schreibtischlampe an und sucht mechanisch nach einem Buch. Dann läßt sie sich in die tiefen Polster ihres Ledersessels sinken. Sie sitzt einfach da, lauscht jetzt auf nichts mehr, liest nicht, denkt nicht einmal. Es ist, als wären die Spielzeuge ihres müden Geistes verlorengegangen.

Eine Motte fällt ihr ins Auge. Sie ist von irgendwoher gekommen, von irgendwoher, wo sie sicher war, und nun umkreist sie wie verrückt das einzige Licht im Raum. Was kann es nur sein, das eine Motte aus der sicheren Dunkelheit in die Gefahren des Lichts lockt? Ihre Flügel flattern aufgeregt und streifen die heiße Glühbirne – sie muß sich doch verbrennen. Unbeholfen, unbedacht stößt sie in ziellosem, hektischem Treiben gegen Hindernisse. Minna überlegt einen Augenblick lang, ob sie aufstehen und das Licht ausschalten soll, aber ihr ist nicht danach zumute, im Dunkeln zu sitzen, und auch nicht danach, eine Zeitung zu suchen und die Motte zu erschlagen. Sie sitzt da, es wird dunkler, das Summen der Motte wird angenehm und beruhigend, und Minna nickt ein.

Sie schreckt hoch und glaubt, nicht wach zu sein, sondern nur zu träumen. Dann sieht sie die hartnäckige Motte und weiß, daß sie wach ist. Draußen ist es jetzt vollkommen dunkel, und sie hört das vertraute, rastlose Knurren eines Motorrads. Sie steht aus dem Sessel auf und geht zum Fenster. Es ist dasselbe Motorrad, das mit dem dunkelgrünen Tank. Es wartet am Anfang der Zufahrt. Minna denkt: Wenn er Molly abholen will, wird er bis zum Eingang fahren. Der Fahrer sieht sich um, gibt ein paarmal kurz Gas, wirft einen Blick auf seine Armbanduhr, wippt auf dem Sitz. Minna weiß, daß er wegen Celeste gekommen ist; sie beobachtet ihn, und sie spürt, daß rings um sie her andere Fenster geöffnet sind und andere Augen ihn beobachten. Niemand kommt aus dem Wohnheim; Minna hört, daß geflüsterte Worte von einem mit Fliegengitter verhängten Fenster zum anderen fliegen wie ein Vogel, der ein Schlupfloch sucht. Der Motorradfahrer gibt wieder Gas, hält den Drehgriff einen Augenblick lang fest und läßt die Drehzahl wieder auf das wachsame Standgas sinken. Nichts geschieht. Der Fahrer wippt heftiger auf seinem Sitz, sieht noch einmal auf die Uhr. Wissen die Mädchen, daß Celeste fort ist? fragt Minna sich. Natürlich, die Mädchen wissen alles; einige von ihnen wußten wahrscheinlich auch, daß der Motorradfahrer heute abend zurückkommen würde, und zwar nicht, um Molly abzuholen. Doch der Motorradfahrer wird jetzt ungeduldig – er spürt vielleicht, daß Celeste nicht mehr kommt. Minna würde gern sein Gesicht sehen, aber es ist zu dunkel. Nur das hellblonde Haar leuchtet zu ihr hinauf, der glänzende, grüne Tank schimmert wie Wasser; und dann heult der Motor wieder auf, das Hinterrad rutscht seitlich über den Kies und quietscht auf dem Asphalt. Die flüsternden Fliegengitter sind verstummt und lauschen auf die ersten drei Gänge. Jeder Gang scheint ein bißchen weiter zu reichen als gestern nacht.

Nun ist Minna allein mit der Motte. Sie fragt sich, ob die Mädchen zu den Nachrichten kommen werden und wieviel Uhr es ist. Und wenn die Mädchen kommen, wird

Molly dann auch kommen? Ach, Minna hofft, daß sie nicht kommt, jedenfalls nicht heute abend. Die Motte beruhigt sie wieder – das Brummen lullt sie ein. Bevor sie wirklich einschläft, hat sie einen letzten beunruhigenden Gedanken: Was soll sie Mrs. Elwood sagen? Doch selbst diese Sorge kann die Motte vertreiben. Die fröhlichen, verschmierten Gesichter ihrer Nichten und Neffen füllen Minnas winziges Zimmer aus, und Angelo ist irgendwo unter ihnen. Das Motorrad kehrt noch einmal zurück, hält an, knurrt und setzt seinen Weg wütend fort, wird vom Flüstern an den Fenstern weitergeschickt auf seine dunkle Reise. Doch diesmal hört Minna nichts. Sie schläft – eingelullt von der sirrenden, pelzigen Musik der Motte.

Brennbars Fluch

Ernst Brennbar, mein Mann, widmete sich genüßlich seiner zweiten Zigarre und seinem dritten Cognac. Langsam stieg die Wärme in ihm hoch und rötete seine Wangen. Seine Zunge wurde träge und schwer. Er wußte, wenn er nicht bald etwas sagte, würde ihm die Kinnlade herunterklappen, und er würde rülpsen oder Schlimmeres tun. Sein schlechtes Gewissen rumorte in seinem Magen, und er dachte an die Flasche 64er Brauneberger Juffer Spätlese, die seiner großen Portion *Truite Metternich* Gesellschaft geleistet hatte, und seine roten Ohren pochten bei der lebhaften Erinnerung an den 61er Pommard Rugiens, in dem er sein *Bœuf Crespi* ertränkt hatte.

Brennbar warf mir quer über die leergegessenen Teller und Schüsseln hinweg einen Blick zu, aber ich befand mich gerade mitten in einem Gespräch über Minderheiten. Der Mann, der auf mich einredete, schien einer solchen anzugehören. Aus irgendeinem Grund hatte er auch den Ober in die Diskussion hineingezogen – vielleicht war's als eine Geste gemeint, um die Klassenschranken zu überwinden. Vielleicht lag es aber auch daran, daß mein Gesprächspartner und der Ober derselben Minderheit angehörten.

»Sie sind von so was natürlich unbeleckt«, sagte der

Mann zu mir, doch ich hatte gar nicht richtig zugehört – ich sah meinen Mann an, dessen Gesicht rote Flecken bekam.

»Na ja«, konterte ich, »ich kann mir aber ganz gut vorstellen, wie das gewesen sein muß.«

»Vorstellen!« rief der Mann. Er zupfte den Ober am Ärmel, als wollte er ihn um Hilfe bitten. »Wir haben es am eigenen Leib erfahren. Da können Sie Ihr *Vorstellungsvermögen* lange bemühen – Sie werden es uns nie richtig nachfühlen können. Wir mußten Tag für Tag damit leben!« Der Ober fand es angebracht, dem zuzustimmen.

Eine Frau, die neben Brennbar saß, sagte unvermittelt: »Das ist doch nichts anderes als das, was uns Frauen schon immer zugemutet worden ist – und heute noch zugemutet wird.«

»Ja«, sagte ich schnell, sah den Mann an und ging zum Gegenangriff über. »Sie zum Beispiel versuchen gerade, mich in eine Ecke zu drängen.«

»Von wegen – keine Form von Unterdrückung ist mit religiöser Unterdrückung zu vergleichen«, sagte er und zog, um seinen Worten Nachdruck zu verleihen, den Ober am Arm.

»Fragen Sie mal einen Schwarzen«, sagte ich.

»Oder eine Frau«, sagte die Frau neben Brennbar. »Sie reden, als hätten Sie ein Monopol auf Diskriminierung.«

»Ist doch alles blödes Gelaber«, sagte Brennbar und regte langsam seine träge Zunge. Die anderen verstummten und musterten meinen Mann, als hätte er soeben ein Loch in einen teuren Teppich gebrannt.

»Schatz«, sagte ich, »wir sprechen über Minderheiten.«

»Schließt mich das vielleicht aus?« fragte Brennbar. Er ließ mich in einer Wolke aus Zigarrenqualm verschwinden.

Die Frau neben ihm schien sich jedoch durch seine Bemerkung provoziert zu fühlen; sie reagierte hitzig.

»Wir mir scheint, sind Sie weder Schwarzer«, sagte sie, »noch Jude und schon gar nicht eine Frau. Sie sind noch nicht mal Ire oder Italiener oder so was. Ich meine: *Brennbar* – was ist das für ein Name? Ein deutscher?«

»Oui«, sagte der Ober. »Ein deutscher Name, das weiß ich genau.«

Und der Mann, dem es so viel Spaß gemacht hatte, auf mich loszugehen, sagte: »Ah, eine wunderbare Minderheit.«

Die anderen lachten – ich allerdings nicht. Mir waren die Signale vertraut, mit denen mein Mann zu erkennen gab, daß er bald die Beherrschung verlieren würde; der Zigarrenqualm, den er mir ins Gesicht blies, ließ auf ein ziemlich fortgeschrittenes Stadium schließen.

»Mein Mann ist aus dem Mittelwesten«, sagte ich vorsichtig.

»Ach, Sie armer Mensch«, sagte die Frau neben Brennbar und legte ihm mit gespieltem Mitleid die Hand auf die Schulter.

»Aus dem Mittelwesten – wie gräßlich«, murmelte jemand am anderen Ende des Tisches.

Und der Mann, der mit der Bedeutsamkeit, die er einem Minensuchgerät beimessen würde, den Ärmel des Obers festhielt, sagte: »Also, das ist nun mal eine echte Minderheit!« Gelächter erklang am ganzen Tisch, während ich sah, wie mein Mann ein weiteres Stück seiner Contenance verlor: Das las ich aus seinem starren Lächeln und der Art, wie er bedächtig den dritten Cognac hinunterschüttete und sich betont ruhig einen vierten einschenkte.

Ich hatte so viel gegessen, daß ich das Gefühl hatte, als wäre ich bis zum Dekolleté gefüllt, aber ich sagte: »Ich hätte gern noch ein Dessert, und Sie?« Dabei sah ich zu, wie mein Mann mit Bedacht den vierten Cognac kippte und sich sachte einen fünften einschenkte, ohne einen Tropfen zu verschütten.

Der Ober erinnerte sich seiner Aufgabe; er eilte davon, um die Speisekarte zu holen. Und der Mann, der versucht hatte, zwischen sich und dem Ober eine Art ethnischer Verbundenheit herzustellen, musterte Brennbar herausfordernd und sagte mit gönnerhafter Herablassung: »Ich wollte lediglich darauf hinweisen, daß die Mechanismen religiöser Unterdrückung schon immer wesentlich subtiler und allgegenwärtiger waren als die Diskriminierungen, deretwegen wir seit neuestem auf die Barrikaden gehen, mit all diesem Geschrei von rassistischen, sexistischen ...«

Brennbar rülpste – es klang wie ein Schuß, wie der Knauf eines Messingbettgestells, der in einen Geschirrschrank geworfen wird. Auch diese Phase kannte ich; ich wußte nun, daß das Dessert zu spät kommen würde und daß mein Mann im Begriff stand, zum Angriff überzugehen.

»Die Mechanismen jener Diskriminierung«, begann Brennbar, »der ich in meiner Jugend ausgesetzt war, sind so subtil und allgegenwärtig, daß sich bis heute keine Gruppe gefunden hat, um dagegen zu protestieren, daß kein Politiker es gewagt hat, sie auch nur zu erwähnen, daß keine Bürgerrechtsbewegung einen Präzedenzfall vor ein Gericht gebracht hat. Nirgendwo, in keiner größeren oder kleineren Stadt, gibt es so etwas wie ein Ghetto, in dem die Betroffenen einander Halt geben könnten. Die Diskriminierung, der sie ausgesetzt sind, ist so total, daß sie sich sogar untereinander diskriminieren – sie schämen sich, daß sie so sind, wie sie sind, sie schämen sich, wenn sie allein sind, und sie schämen sich nur noch mehr, wenn sie mit Leidensgenossen gesehen werden.«

»Aber ich bitte Sie«, sagte die Frau neben Brennbar. »Wenn Sie von Homosexualität reden, dann müssen Sie doch zugeben, daß das heute nicht mehr . . .«

»Ich rede von Pickeln«, sagte Brennbar. »Von Akne«, fügte er mit einem bedeutungsschweren und giftigen Blick in die Runde hinzu. »Von Pepeln«, sagte Brennbar. Die, die es wagten, starrten das vernarbte Gesicht meines Mannes an, als würden sie durch ein Lazarett in einem Katastrophengebiet geführt. Neben dem Schrecken, den dieser Anblick hervorrief, war unser Stilbruch, *nach* dem Cognac und den Zigarren ein Dessert zu bestellen, von untergeordneter Bedeutung. »Sie alle haben Leute mit Pickeln gekannt«, sagte Brennbar anklagend. »Und Sie fanden die Pickel abstoßend, stimmt's?« Die anderen Gäste schlugen die Augen nieder, aber sein versehrtes Gesicht muß sich ihnen unauslöschlich eingeprägt haben. Diese Male, diese Narben sahen aus, als wären sie eingekerbt. Gott – er war wunderbar.

Einige Schritte von unserem Tisch entfernt verharrte der Ober und verweigerte die Herausgabe seiner Speisekarten an diese seltsame Gesellschaft, als fürchtete er, sie könnten von unserem Schweigen verschluckt werden.

»Glauben Sie vielleicht, es war leicht, in eine Drogerie zu gehen?« fragte Brennbar. »Eine ganze Kosmetiktheke, die Sie daran erinnert, und die Verkäuferin grinst Ihnen in das picklige Gesicht und sagt laut: ›Womit kann ich Ihnen helfen?‹ Als ob sie es nicht wüßte. Wenn sich schon die eigenen Eltern schämen. Diese zarten Andeutungen: Ihr Bettzeug wird getrennt gewaschen, und beim Frühstück sagt Ihre Mutter: ›Schatz, du weißt doch, das blaue Handtuch ist deins.‹ Und Sie sehen, wie Ihre Schwester blaß wird, aufspringt und nach oben rennt, um sich noch mal zu waschen. Diskrimination und Aberglauben! Herrgott – man könnte meinen, Pickel wären ansteckender als Tripper! Nach der Sportstunde fragt einer, ob ihm jemand seinen Kamm leihen kann. Sie bieten ihm Ihren an und sehen, wie er sich innerlich windet: Er betet um einen Ausweg, er stellt sich vor, wie Ihre Pickel sich auf seiner zarten Kopfhaut ausbreiten. Bis vor kurzem noch ein weitverbreiteter Irrtum. Bei Pickeln dachte man automatisch an Dreck. Leute, die Eiter produzieren, waschen sich eben nicht.

Ich schwöre beim Busen meiner Schwester«, sagte Brennbar (er hat keine Schwester), »daß ich mich dreimal täglich von Kopf bis Fuß gewaschen habe. Einmal habe ich mein Gesicht elfmal gewaschen. Jeden Morgen stand ich vor dem Spiegel, um die neuesten Entwicklungen zu begutachten. Wie das Zählen gefallener Feinde in einem Krieg. Vielleicht hat die Pickelcreme in der Nacht zwei verschwinden lassen, aber in derselben Zeit sind vier neue hinzugekommen. Man lernt, die größten Erniedrigungen zur unglücklichsten Zeit zu ertragen: Am Morgen des Tages, an dem Sie endlich mal eine Verabredung – mit einer Unbekannten – haben, erscheint auf der Oberlippe ein neuer Pickel, der den Mund ganz schief aussehen läßt. Und eines Tages wird von den paar Leuten, die Sie zur Not als Freunde bezeichnen könnten, aus irregeleitetem Mitleid oder aus abgrundtiefer, niederträchtigster Grausamkeit eine Verabredung für Sie arrangiert: eine Verabredung mit einem Mädchen, das *ebenfalls* ein Pikkelgesicht hat! Tief gedemütigt sehnen Sie beide das Ende des Abends herbei. Haben die anderen vielleicht gedacht, Sie würden Tips austauschen oder Narben zählen?

Pepelismus!« schrie Brennbar. »Das ist das Wort dafür: Pepelismus! Und Sie, Sie alle, sind *Pepelisten,* da bin ich mir sicher«, murmelte er. »Sie haben ja keine Ahnung, wie schrecklich ...« Seine Zigarre war ausgegangen; offensichtlich sehr erregt, zündete er sie umständlich wieder an.

»Nein«, sagte der Mann neben mir. »Oder vielmehr, ja ... Ich kann verstehen, wie furchtbar das für Sie gewesen sein muß, wirklich.«

»Es war etwas ganz anderes als Ihr Problem«, sagte Brennbar finster.

»Nein, das heißt, ja – ich meine, eigentlich ist es doch etwas Ähnliches.« Er tastete sich unsicher vor. »Ich kann mir gut vorstellen, wie schlimm das ...«

»Vorstellen?« sagte ich, plötzlich ganz Ohr, und verzog den Mund zu meinem schönsten Lächeln. »Und was haben Sie eben noch zu mir gesagt? Sie *können* ihm das gar nicht nachfühlen. Er mußte Tag für Tag damit *leben.*« Ich lächelte meinen Mann an. »Das waren wirkliche Pickel«, sagte ich zu dem, der mich vorhin angegriffren hatte. »Die kann man sich nicht vorstellen.« Dann beugte ich mich über den Tisch und streichelte liebevoll Brennbars Hand. »Gut gemacht, Schatz«, sagte ich. »Jetzt steht er mit dem Rücken zur Wand.«

»Danke«, sagte Brennbar, völlig entspannt. Seine Zigarre brannte wieder; er schwenkte das Cognacglas unter seiner Nase und schnupperte daran wie an einer Blume.

Die Frau neben Brennbar war unsicher. Sanft und fast zudringlich legte sie ihm Hand auf den Arm und sagte: »Ach, jetzt verstehe ich: Sie haben uns ein bißchen auf den Arm genommen. Oder nicht?«

Brennbar hüllte sie in eine Rauchwolke, bevor sie Gelegenheit hatte, in seinen Augen zu lesen; ich kann auch so in seinen Augen lesen.

»Nein, er hat Sie nicht auf den Arm genommen – stimmt's, Schatz?« sagte ich. »Ich glaube, er hat es eher im übertragenen Sinn gemeint«, erklärte ich, und die anderen betrachteten Brennbar nur noch argwöhnischer. »Er wollte Ihnen vor Augen führen, wie es ist, als intelligenter Mensch in einer dummen Umwelt aufzuwachsen. Er meinte damit, daß Intelligenz etwas so Ausgefallenes – und so Seltenes – ist, daß Leute wie wir, die wir wirklich denken können, ständig von der Masse der Dummen diskriminiert werden.«

Die Mienen der Gäste hellten sich auf: Brennbar rauchte; er konnte ganz schön aufreizend sein.

»Natürlich«, fuhr ich fort, »bilden intelligente Menschen eine der kleinsten Minderheiten. Sie müssen den ungenierten Schwachsinn, die offenkundige Idiotie dessen ertragen, was *populär* ist. Für einen intelligenten Menschen ist Popularität die vielleicht größte Beleidigung. Und darum«, sagte ich und zeigte auf Brennbar, der wie ein Stilleben wirkte, »ist Akne eine ideale Metapher für das Gefühl, unpopulär zu sein, mit dem jeder intelligente Mensch fertig werden muß. Natürlich macht man sich als intelligenter Mensch unbeliebt. Intelligente Menschen sind das nun mal. Sie sind suspekt, weil man hinter ihrer Intelligenz eine Art Perversion wittert. Es ist ein bißchen wie das alte Vorurteil, daß Leute mit Pickeln sich nicht waschen.«

»Na ja«, sagte der Mann neben mir – er erwärmte sich langsam für das Thema, das, wie er zu glauben schien, wieder auf sichereren Grund zurückkehrte. »Der Gedanke, daß die Intellektuellen eine Art Volksgruppe darstellen, ist natürlich nicht neu. Amerika ist sowieso kein gutes Pflaster für Intellektuelle. Nehmen Sie nur das Fernsehen. Da sind Professoren automatisch kauzige Exzentriker mit dem Temperament einer Großmutter; alle Idealisten sind immer entweder Fanatiker oder Heilige, kleine Hitler oder Jesusse. Kinder, die lesen, tragen eine Brille und wünschen sich insgeheim, sie könnten so gut Baseball spielen wie die anderen. Wir beurteilen einen Mann lieber nach dem Geruch seiner Achselhöhlen. Und wir mögen es, wenn sein Geist von jener sturen Loyalität beherrscht wird, die wir an Hunden so bewundern. Aber ich muß schon sagen, Brennbar – die Analogie zwischen Ihren Pickeln und dem Intellekt...«

»Nicht Intellekt«, berichtigte ich, »Intelligenz. Es gibt genauso viele dumme Intellektuelle wie dumme Baseballspieler. Intelligenz bedeutet lediglich die Fähigkeit, wahrzunehmen, was geschieht.« Aber Brennbar hüllte sich in dichten Zigarrenqualm, so daß nicht einmal seine Tischnachbarin seinen Standpunkt zu erkennen vermochte.

Der Mann, der einen Augenblick lang die Illusion genährt hatte, er wäre auf sichereren Grund zurückgekehrt, sagte: »Ich möchte bestreiten, Mrs. Brennbar, daß es genauso viele dumme Intellektuelle wie dumme Baseballspieler gibt.«

Brennbar stieß einen warnenden Rülpser aus – einen dumpfen, röhrenden Signalton, der sich anhörte wie eine Mülltonne, die einen Aufzugschacht runterfällt, während man selbst weit oben im 31. Stock unter der Dusche steht. (»Wer ist da?« ruft man in die leere Wohnung.)

»Wünschen die Herrschaften ein Dessert?« fragte der Kellner und verteilte die Speisekarten. Er muß geglaubt haben, daß Brennbar darum gebeten hatte.

»Ich nehme *Pommes Normande en belle vue*«, sagte der Mann am unteren Tischende, der den Mittelwesten so gräßlich gefunden hatte.

Seine Frau bestellte den *Poudding alsacien*, eine kalte Nachspeise.

»Ich möchte die *Charlotte Malakoff aux fraises*«, sagte die Frau neben Brennbar.

Ich bestellte mir die *Mousse au chocolat*.

»Scheiße«, sagte Brennbar. Wie bildhaft das auch gemeint war – sein narbenzerfurchtes Gesicht war jedenfalls keine Einbildung.

»Ich wollte dir doch nur helfen, Schatz«, sagte ich, mit einem ganz neuen Ton in der Stimme, der mich beunruhigte.

»Du bist mir schon eine raffinierte Zicke«, sagte Brennbar.

Der Mann, für den sich der sichere Grund nun in einen gefährlichen Abgrund verwandelt hatte, saß in dieser unbehaglichen Atmosphäre widerstreitender Empfindlichkeiten und wünschte sich mehr Intelligenz, als er besaß. »Ich nehme die *Clafouti aux pruneaux*«, sagte er mit einem Grinsen.

»Natürlich«, sagte Brennbar. »Genau so hatte ich Sie eingeschätzt.«

»Ich auch, Schatz«, sagte ich.

»Hast du *sie* rausgekriegt?« fragte Brennbar mich und zeigte auf die Frau neben sich.

»Ach, sie war leicht«, antwortete ich. »Ich hab bei allen richtig gelegen.«

»Ich bei dir nicht«, sagte Brennbar. Er sah besorgt aus. »Ich war mir sicher, daß du dir mit jemandem den Savarin teilen würdest.«

»Brennbar ißt kein Dessert«, erklärte ich den anderen. »So etwas ist schlecht für seine Haut.«

Brennbar saß reglos, wie ein untergründig brodelnder Lavafluß. Da wußte ich, daß wir sehr bald aufbrechen würden. Ich sehnte mich schrecklich danach, mit ihm allein zu sein.

Fremde Träume

Fred konnte sich nicht erinnern, je so etwas wie ein Traumleben gehabt zu haben, bevor seine Frau ihn verließ. Erst dann begann er sich dunkel an Alpträume aus seiner Kindheit zu erinnern und an einige bestimmte, lustvolle Träume aus jener, wie ihm schien, absurd kurzen Zeit zwischen seinem Eintritt in die Pubertät und der Hochzeit mit Gail (er hatte jung geheiratet). Die Wunde der zehn traumlosen Jahre seiner Ehe war noch zu frisch, um sie eingehend zu untersuchen, doch er wußte, daß Gail in jener Zeit geträumt hatte wie verrückt – ein Abenteuer nach dem anderen – und daß er jeden Morgen mit einem benommenen, dumpfen Gefühl erwacht war und ihr aufmerksames, nervöses Gesicht nach Spuren ihrer geheimnisvollen nächtlichen Erlebnisse durchforscht hatte. Sie hatte ihm ihre Träume nie erzählt, sondern nur gesagt, daß sie welche hatte – und daß sie es höchst sonderbar fand, daß er nicht träumte. »Entweder träumst du doch«, hatte Gail gesagt, »und deine Träume sind so krank, daß du sie lieber vergißt, oder du bist in Wirklichkeit schon tot. Leute, die nicht träumen, sind allesamt ganz tot.«

In den letzten Jahren ihrer Ehe erschienen Fred beide Theorien nicht mal mehr so weit hergeholt.

Nachdem Gail ihn verlassen hatte, fühlte er sich »ganz tot«. Nicht einmal die Geliebte, die für Gail das Faß zum

Überlaufen gebracht hatte, vermochte ihn wiederzuerwecken. Er fand, daß er an allem, was mit seiner Ehe schiefgegangen war, selbst schuld war: Er hatte den Eindruck gehabt, Gail sei glücklich und stehe zu ihm – doch dann hatte er irgendeine Dummheit begangen, und sie war gezwungen gewesen, »es ihm heimzuzahlen«. Und schließlich, als er das zu oft wiederholt hatte, hatte sie ihn aufgegeben. »Fred-Ewig-Verknallt« hatte sie ihn genannt. Er schien sich fast jedes Jahr in irgendeine Frau zu verlieben. »Ich könnte es vielleicht noch ertragen«, hatte Gail gesagt, »wenn du einfach mit einer ins Bett hüpfen würdest, Fred – aber warum mußt du so dämlich sein und dich jedesmal verlieben?«

Er wußte es nicht. Als Gail ihn verlassen hatte, kam ihm seine Geliebte so dumm, sexlos und gewöhnlich vor, daß er sich gar nicht mehr vorstellen konnte, was ihn zu seiner letzten, beängstigenden Affäre verleitet hatte. Gail hatte ihn diesmal derart beschimpft, daß er regelrecht erleichtert war, als sie ging, doch das Kind – sie hatten in zehn Jahren Ehe nur ein einziges Kind gehabt – fehlte ihm. Es hieß Nigel und war neun Jahre alt. Sie beide fanden ihre eigenen Namen so farblos, daß sie ihrem armen Sohn dieses Etikett aufgeklebt hatten. Nigel ruhte nun in einem ansehnlichen Teil von Freds fettem Herzen wie ein zum Stillstand gebrachtes Krebsgeschwür. Es machte Fred nichts aus, daß er den Jungen nicht mehr sah (seit Nigel fünf war, hatten sie sich nie besonders gut verstanden), doch konnte er den Gedanken nicht ertragen, daß der Junge ihn haßte, und er war sicher, daß Nigel ihn haßte – oder es mit der Zeit lernen würde. Gail hatte es auch gelernt.

Manchmal dachte Fred, daß es, wenn er nur eigene Träume gehabt hätte, nicht nötig gewesen wäre, die schrecklichen Liebesaffären auszuleben, die er fast jedes Jahr mit irgendeiner Frau hatte.

Noch Wochen nach der Trennung brachte er es nicht über sich, in dem Bett zu schlafen, das sie zehn Jahre lang geteilt hatten. Gail hatte Nigel und Geld bekommen, Fred hatte das Haus behalten. Er schlief auf dem Sofa und verbrachte dort unruhige Nächte voll verschwommenem Unbehagen – seine Schlafphasen waren zu kurz für Träume. Er warf sich hin und her, sein Stöhnen schreckte den Hund auf (er hatte auch den Hund behalten), und am Morgen hatte er einen schalen Geschmack im Mund wie bei einem Kater, obwohl er gar nichts getrunken hatte. Eines Nachts glaubte er sich in einem Wagen zu übergeben; die Beifahrerin war Mrs. Beal, und sie schlug mit ihrer Handtasche auf ihn ein, während er würgte und auf das Lenkrad kotzte. »Fahr nach Hause! Fahr nach Hause!« schrie sie ihn an. Damals wußte Fred natürlich noch nicht, daß er Mr. Beals Traum träumte. Mr. Beal war oft auf Gails und Freds Sofa eingenickt; zweifellos hatte er dort diesen schrecklichen Traum gehabt und ihn dann dem nächsten sorgenvollen Schläfer hinterlassen.

Fred gab seine Schlafversuche auf dem Sofa auf und entschied sich für das schmale, harte Bett in Nigels Zimmer – es war ein Kapitänsbett für Kinder, mit kleinen Schubladen für Unterwäsche und Revolver unter der Liegefläche. Das Sofa hatte Fred Rückenschmerzen beschert, doch er war noch nicht soweit, daß er in das Bett, das er mit Gail geteilt hatte, zurückkehren konnte.

In der ersten Nacht, die er in Nigels Bett verbrachte, begriff er, welche seltsame Fähigkeit er mit einemmal besaß – oder was für eine seltsame Fähigkeit mit einemmal von ihm Besitz ergriffen hatte. Er hatte den Traum eines Neunjährigen – Nigels Traum. Fred fand ihn nicht beängstigend, doch er wußte, daß es für Nigel der reine Alptraum gewesen sein mußte. Fred-als-Nigel wurde auf einem Feld von einer großen Schlange überrascht. Fred-als-Fred fand sie von Anfang an lachhaft, denn sie hatte auf dem Rücken einen Schuppenkamm wie ein Drache und spuckte Feuer. Die Schlange stieß immer wieder gegen Fred-als-Nigels Brust; er war so gelähmt vor Angst, daß er nicht schreien konnte. Weit entfernt, am Ende des Feldes, sah Fred sich selbst, wie Nigel ihn gesehen hätte. »Dad!« flüsterte Fred-als-Nigel. Doch Fred stand an einer glühenden Feuerstelle; offenbar hatten sie gerade gegrillt. Fred pinkelte auf die Glut – dichte Wolken aus verdampfendem Urin stiegen auf – und hörte seinen Sohn nicht schreien.

Am Morgen kam Fred zu dem Schluß, daß die Träume von Neunjährigen banal und durchsichtig waren. Er hatte keine Angst vor weiteren Träumen, als er sich am Abend in sein eigenes Bett legte; jedenfalls hatte er, als er mit Gail dort geschlafen hatte, nie geträumt – und auch wenn Gail eine beständige Träumerin gewesen war, war Fred in diesem Bett keinem von *ihren* Träumen begegnet. Doch es ist ein Unterschied, ob man allein schläft oder neben einem anderen Menschen.

Im Schlafzimmer, das der von Gail genähten Gardinen beraubt war, kroch Fred in das kalte Bett. Natürlich hatte er einen von Gails Träumen. Er stand vor einem mannshohen Spiegel, doch was er darin sah, war Gail. Sie war nackt, und eine Sekunde lang dachte er, er habe einen eigenen Traum – eine erotische Erinnerung, vielleicht aus Sehnsucht nach ihr, ein lustvolles Verlangen, sie möge wieder zurückkehren. Die Gail im Spiegel hatte er jedoch noch nie gesehen. Sie war alt und häßlich, und ihre Nacktheit war wie eine Wunde, von der man wünschte, jemand würde sie schnell schließen. Gail weinte, und ihre Hände fuhren durch die Luft wie Möwen: Sie hielten dieses oder jenes Kleid hoch, und jedes paßte noch weniger zu ihrer Haarfarbe und ihrer Erscheinung als das vorige. Die Kleider häuften sich zu ihren Füßen, bis sie sich schließlich auf sie sinken ließ und ihr Gesicht darin vergrub, um sich nicht mehr sehen zu müssen; das Spiegelbild der kleinen Buckel ihres Rückgrats erinnerte ihn (sie) an die Hintertreppe in einer kleinen Gasse, die sie auf ihrer Hochzeitsreise in Österreich entdeckt hatten. In einem in Zwiebeln erstikkenden kleinen Dorf war diese Gasse die einzige schmutzige, zwielichtige Stelle gewesen, die sie hatten finden können. Und die Treppe, die sich schief und krumm aus dem Blickfeld gewunden hatte, war ihnen beiden unheimlich gewesen; der einzige Weg aus der Gasse führte über sie, es sei denn, sie gingen wieder zurück, und Gail hatte plötzlich gesagt: »Laß uns umkehren.« Er war sofort einverstanden gewesen. Doch bevor sie sich umgedreht hatten, war eine alte Frau um die Ecke am oberen Ende der Treppe gebogen, hatte anscheinend das Gleichgewicht verloren und war die Stufen hinuntergestürzt. Sie hatte etwas in den Armen getragen: Karotten, einen Beutel verwachsene Kartoffeln und eine lebende Gans, deren Füße zusammengebunden waren. Die Frau war auf ihr Gesicht gefallen und hatte mit offenen Augen dagelegen; ihr schwarzes Kleid war ihr verknäult über die Knie gerutscht. Die Karotten hatten wie ein Blumenstrauß auf ihrer flachen, reglosen Brust gelegen, die Kartoffeln waren überall verstreut gewesen, und die gefesselte Gans hatte geschnattert und mit den Flügeln geschlagen. Fred war, ohne die Frau auch nur anzurühren, sofort zu der Gans gegangen, obwohl er – abgesehen von Hunden und Katzen – noch nie ein lebendes Tier angefaßt hatte. Er hatte versucht, den Knoten des Lederriemens zu lösen, mit dem die Füße des Vogels zusammengebunden waren, doch er war ungeschickt gewesen, und die Gans hatte ihn wütend angezischt und ihn schmerzhaft in die Wange gezwickt. Er hatte sie fallen lassen und war Gail nachgeeilt, die aus der Gasse gerannt war – auf demselben Weg, den sie gekommen waren.

Jetzt, im Spiegel, war Gail auf dem Haufen ihrer ungeliebten Kleider eingeschlafen. So hatte Fred sie gefunden, als er in der Nacht seines ersten Seitensprungs nach Hause gekommen war.

Er erwachte aus ihrem Traum und lag allein in ihrem Bett. Er hatte schon lange begriffen, daß sie ihn wegen seiner Seitensprünge haßte, aber nun wurde ihm zum erstenmal klar, daß diese Affären sie dazu gebracht hatten, sich selbst zu hassen.

Gab es keinen Platz in seinem Haus, wo er schlafen konnte, ohne fremde Träume zu träumen? Konnte er vielleicht einen eigenen Traum entwickeln? Es gab noch ein anderes Sofa, im Fernsehzimmer, doch dort schlief gewöhnlich der Hund, ein alter Labrador-Rüde. »Bear?« rief er. »Komm, Bear.« Nigel hatte den Hund »Bear« genannt. Aber dann fiel Fred ein, wie oft er Bear hatte träumen sehen – er hatte im Schlaf gebellt, mit gesträubten Nackenhaaren, die zottigen Pfoten hatten gezuckt, der rosige, erigierte Penis hatte an seinen Bauch geschlagen –, und er fand, er sei noch nicht so tief gesunken, daß er sich Träumen ausliefern mußte, in denen er Kaninchen jagen, mit dem Weimaraner der Nachbarn raufen und die melancholische Bluthündin der Beals besteigen würde. Allerdings hatten natürlich auch Babysitter auf dem Sofa geschlafen – konnte er nicht damit rechnen, einen *ihrer* pikanten Träume zu erwischen? Lohnte es sich, für einen hübschen Einblick in das Innenleben der zarten kleinen Janey Hobbs das Risiko von Bears Träumen einzugehen?

Fred grübelte über Hundehaare nach, erinnerte sich an viele unattraktive Babysitter und schlief in einem Sessel ein. Er hatte Glück: Es war ein traumloser Sessel. Er begann zu begreifen, daß seine neuentdeckte wunderbare Fähigkeit eine ebenso quälende wie aufregende Gabe war. Es ist ja oft eher ein Risiko als ein Vergnügen, mit Fremden zu schlafen.

Als sein Vater starb, verbrachte er eine Woche bei seiner Mutter. Zu Freds Entsetzen schlief sie auf dem Sofa und überließ ihm das Schlafzimmer mit dem riesigen altertümlichen Bett. Er konnte verstehen, daß sie nicht dort schlafen wollte, aber das Bett und das damit verbundene Potential für epische Träume machten ihm angst. Seine Eltern hatten immer in diesem Haus gelebt und immer – solange er zurückdenken konnte – in diesem Bett geschlafen. Beide waren Tänzer gewesen – schlanke, graziöse Menschen, selbst im Alter noch. Fred konnte sich an ihre morgendlichen Übungen erinnern, an die langsamen, yogaartigen Bewegungen auf dem Teppich im Sonnenzimmer, immer begleitet von Mozart-Musik. Fred betrachtete das alte Bett mit Grauen. In welche und vor allem in *wessen* peinliche Träume würde er sich hier verstricken?

Mit einiger Erleichterung stellte er fest, daß es ein Traum seiner Mutter war. Wie die meisten versuchte Fred Regeln im Chaos zu entdecken, und er glaubte auch, eine gefunden zu haben: Es war unmöglich, Träume eines Toten zu träumen. Seine Mutter lebte wenigstens noch. Fred hatte allerdings eine durch das Alter abgeklärte Zärtlichkeit für seinen Vater erwartet, eine Art liebevoller Erinnerung, wie alte Leute sie seiner Meinung nach hatten; mit der Wollüstigkeit des Traums seiner Mutter hatte er nicht gerechnet. Er sah seinen Vater unter der Dusche herumhüpfen, Seifenschaum unter den Armen, Seifenschaum auf dem steifen Schwanz. Es war kein besonders »junger« Traum: Sein Vater war bereits alt, das Haar auf seiner Brust war weiß, seine Brüste standen, wie bei vielen alten Männern, leicht vor – wie die Wölbungen rings um die Brustwarzen junger Mädchen. Fred träumte die heißen, feuchten Gefühle seiner Mutter für eine Geilheit, die er an seinem Vater nie wahrgenommen hatte. Abgestoßen von ihrem einfallsreichen, gelenkigen, ja akrobatischen Liebesakt erwachte er und hatte das Gefühl, seine eigene Sexualität sei dumpf, seine Direktheit unbeholfen. Es war Freds erster Sextraum als Frau; er kam sich dumm vor, weil er erst jetzt – als Mann in den Dreißigern und noch dazu von seiner *Mutter* – lernte, wie Frauen berührt werden wollten. Er hatte den Orgasmus seiner Mutter geträumt. Wie sie fröhlich daran *gearbeitet* hatte.

Fred war am nächsten Morgen zu peinlich berührt, um ihr in die Augen zu sehen. Er schämte sich, daß er nie daran gedacht hatte, sich dies von ihr vorzustellen, und daß er sie und auch Gail unterschätzt hatte. Fred war noch immer so herablassend, wie es Söhne ihrer Mutter gegenüber sind – genug, um anzunehmen, daß, wenn der Appetit seiner Mutter schon so groß war, der seiner Frau gewiß noch größer gewesen sei. Daß das vielleicht nicht der Fall war, kam ihm gar nicht in den Sinn.

Traurig stellte er fest, daß seine Mutter sich nicht überwinden konnte, die Morgenübungen allein zu machen, und in der Woche, die er bei ihr blieb – er hielt es für unwahrscheinlich, daß er ihr ein wirklicher Trost war –, schien sie unbeweglicher zu werden, aus der Form zu kommen, ja sogar dicker zu werden. Er wollte ihr anbieten, gemeinsam mit ihr Gymnastik zu machen, wollte darauf bestehen, daß sie ihre guten Gewohnheiten beibehielt, doch er hatte auch die *anderen* Dinge gesehen, zu denen sie körperlich imstande war, und seine Unterlegenheit machte ihn sprachlos.

Es verstörte ihn auch, daß seine Voyeur-Instinkte stärker waren als seine Sohn-Instinkte. Obgleich er wußte, daß er sich jede Nacht den erotischen Erinnerungen seiner Mutter auslieferte, gab er das Bett nicht zugunsten des, wie er meinte, traumlosen Fußbodens auf. Hätte er sich dort schlafen gelegt, so wäre er mindestens einem der Träume aus den Nächten begegnet, in denen sein Vater dort geschlafen hatte. Das hätte seine Theorie widerlegt, daß die Träume von Toten nicht zu den Lebenden zurückkehren. Die Träume seiner Mutter waren einfach stärker als die seines Vaters, und darum dominierten sie das Bett. Auf dem Boden hätte Fred zum Beispiel die wahren Gefühle seines Vaters für Tante Blanche kennenlernen können. Doch bekanntlich mangelt es uns oft an der Fähigkeit, den Entdeckungen, die uns unverdient zugefallen sind, weiter nachzugehen. Wir bleiben in unseren Abenteuern an der Oberfläche und beschränken unsere Ansichten über Eisberge auf das, was man sehen kann.

Fred erfuhr etwas über Träume, doch weit mehr entging ihm. Warum zum Beispiel träumte er gewöhnlich *historische* Träume – also Träume, die eigentlich Erinnerungen, zuweilen auch übersteigerte Erinnerungen, an tatsächliche Ereignisse oder Tagträume waren? Es gibt ja auch noch andere Träume – Träume von Dingen, die sich noch gar nicht ereignet haben. Von denen wußte Fred so gut wie nichts. Er kam noch nicht einmal auf den Gedanken, daß die Träume, die er hatte, seine eigenen sein könnten, daß sie einfach das Äußerste waren, was er an Nähe zulassen konnte.

Als er in sein leeres Haus zurückkehrte, war seine Kühnheit verschwunden. Er war ein Mann, der in sich einen lebensbedrohlich wunden Punkt entdeckt hatte. Die Welt streut wahllos viele ungewollt grausame Fähigkeiten unter uns aus. Ob wir diese unerbetenen Gaben auch gebrauchen können, kümmert die Welt nicht.

Charles Dickens – der König des Romans

Eine Einführung in ›Große Erwartungen‹

I

Warum ich Dickens mag, und warum ihn andere nicht mögen

Große Erwartungen war der erste Roman, von dem ich wünschte, *ich* hätte ihn geschrieben. Dieser Roman ist schuld daran, daß ich Schriftsteller werden wollte oder vielmehr: daß ich Leser so bewegen wollte, wie dieses Buch mich bewegt hat. Von allen angelsächsischen Romanen ist, finde ich, *Große Erwartungen* das Buch mit dem besten und ausgefeiltesten Plot, der – und das vergaß Dickens nie – den Leser ja auch zum Lachen und zum Weinen bringen soll. Doch gibt es allerlei Gründe, warum manche *dieses Buch*, und einen ganz besonderen Grund, warum manche *Dickens an sich* nicht mögen. Zuoberst auf ihrer Mängelliste steht, daß Dickens' Romane nicht an den Verstand, sondern an die Gefühle und über die Gefühle an das soziale Gewissen des Lesers appellieren. Dickens ist kein Analytiker, wohl aber ein Moralist. Sein Genie liegt in seiner Art der Beschreibung: Er beschreibt die Dinge so anschaulich und eindringlich, daß man sie nachher nie mehr anders sehen kann als mit seinen Augen.

Wer die Dickensschen Gefängnisse erlebt hat, kann nie

mehr guten Gewissens die Meinung vertreten, die Gefangenen seien dort, wo sie hingehörten; wer Dickens' zwielichtigen Drahtzieher, Mr. Jaggers, kennengelernt hat, wird nie mehr freiwillig sein Schicksal in die Hände eines Anwalts legen; denn mag Jaggers in *Große Erwartungen* auch nur eine Nebengestalt sein, so stellt er doch die wohl flammendste Anklage gegen ein Leben nach abstrakten Regeln dar, die unsere Literatur aufzuweisen hat. Dank Dickens habe ich sogar eine bleibende Vorstellung von einem Kritiker: Es ist Bentley Drummle, »der zweitnächste Erbe eines Baronettitels« und »ein so mürrischer Bursche [...], daß er sogar ein Buch zur Hand nahm, als hätte ihn der Autor persönlich damit beleidigt«.

Obgleich er nur in seiner Jugend und auch nur für kurze Zeit soziale Ungerechtigkeit am eigenen Leib erfahren hatte, prägten Dickens diese Erfahrungen fürs Leben: die Demütigung seines Vaters, der ins Schuldgefängnis Marshalsea geworfen wurde; die erbärmlichen Bedingungen, unter denen er mit elf Jahren in einer Schuhwichsefabrik in Hungerford Stairs arbeitete, wo er drei Monate lang Etiketten auf Flaschen kleben mußte; die diversen Ortswechsel, zu denen die Familie aufgrund der Probleme des Vaters gezwungen war, insbesondere der Wechsel in ärmlichere Verhältnisse – damals war Charles neun Jahre alt – und kurz darauf der Umzug, bei dem er das Chatham seiner Kindheit endgültig hinter sich lassen mußte. »Ich fand, daß das Leben armseliger war, als ich erwartet hatte«, schrieb er. Dennoch, seine Phantasie war keineswegs verarmt; in *David Copperfield* erinnerte er sich an die Zeit, die er lesend in seinem Dachzimmer am St. Mary's Place in Chatham verbracht hatte: »Ich war Tom Jones (ein kindlicher Tom Jones, ein harmloses Wesen).« Und er *war* auch Don Quichotte – und all die anderen, weniger wahrscheinlichen Helden der viktorianischen Märchen seiner Zeit. Harry Stone schreibt dazu: »Es ist schwer zu sagen, was zuerst da war – Dickens' Interesse für Märchen oder seine Beeinflussung durch sie.« Dickens' hervorragender Biograph Edgar Johnson beschreibt die Quellen, aus denen die Phantasie des Autors schöpfte, mit ähnlichen Worten und kommt zu dem Schluß, Dickens habe »eine neue literarische Gattung geschaffen: Märchen, die witzig, heroisch und realistisch zugleich sind«.

Das Chatham von Dickens' Kindheit spiegelt sich in *Große Erwartungen* deutlich wider: Sein Dachzimmer fenster ging ebenfalls auf einen Friedhof; und wenn er einen Bootsausflug den Medway hinunter zur Themse machte, lag dort das schwarze Sträflingsschiff – »eine verruchte Arche Noah« – vor Anker; dort sah Dickens auch zum erstenmal Sträflinge. Vieles von der Szenerie in *Große Erwartungen* gehört nach Chatham: die nebligen Marschen, der Dunst über dem Fluß. Das Vorbild für den ›Blauen Eber‹ stand im nahen Rochester, wie auch Onkel Pumblechooks Haus und Haus ›Satis‹, wo Miss Havisham wohnt. Auf ihren Spaziergängen von Gravesend nach Rochester legten sein Vater und er jedesmal am Gad's Hill eine Pause ein und betrachteten das zwei Meilen entfernte Herrenhaus oben auf dem Hügel. Sein Vater sagte ihm dann, wenn er sehr hart arbeite, werde auch er vielleicht eines Tages dort wohnen. Angesichts der ärmlichen Verhältnisse, unter denen die Familie in Chatham lebte, muß das für den jungen Charles sehr unglaublich geklungen haben, und dennoch wohnte er eines Tages dort: Er verbrachte die letzten zwölf Jahre seines Lebens in Gad's Hill Place. Dort schrieb er *Große Erwartungen*, und dort starb er auch. Leser, die Dickens' Phantasie überspannt finden, sollten sich lieber näher mit seinem Leben befassen.

Die Triebfedern seiner Phantasie waren persönliches Unglück und reformerischer Eifer. Wie viele andere erfolgreiche Menschen ließ er sich nicht unterkriegen, sondern verwandelte Rückschläge in etwas Positives – in Energie und fast fieberhaften Taten- und Schaffensdrang. Mit fünfzehn verließ er die Schule, mit siebzehn war er Gerichtsberichterstatter und mit neunzehn Parlamentsreporter. Im Alter von zwanzig Jahren erlebte er die Arbeitslosigkeit, den Hunger und die Choleraepidemie des Winters 1831/32. Sein erster literarischer Erfolg ein Jahr später wurde getrübt durch eine erste, unglückliche Liebe. Das Mädchen war die Tochter eines Bankiers, der von Dickens nichts wissen wollte; Jahre später kam sie – dick und unübersehbar gealtert – reuig zu ihm zurück, doch diesmal war er es, der nichts von ihr wissen wollte. Nach dieser ersten Enttäuschung stürzte er sich um so tiefer in seine Arbeit; Dickens war kein Mann, der Trübsal blies.

Er besaß, was Edgar Johnson »grenzenloses Vertrauen in die Willenskraft« nennt. Eine der frühesten Kritiken (sie stammt ausgerechnet von seinem zukünftigen Schwiegervater) lag, was die Talente des jungen Schriftstellers betraf, vollkommen richtig. »Ein genauer Beobachter von Wesensart und Verhalten«, schrieb George Hogarth über den vierundzwanzigjährigen Dickens, »mit einem ausgeprägten Sinn für das Lächerliche und einem besonderen Talent, die Torheiten und Albernheiten der Menschen auf die humorigste, erheiterndste Weise darzustellen. Nicht nur bringt er uns zum Lachen, er kann uns auch zu Tränen rühren. Seine Schilderungen des Lasters und des Elends, die man in dieser riesigen Stadt allenthalben findet, müssen auch das Herz des unempfindlichsten und gleichgültigsten Lesers rühren.«

Tatsächlich überstrahlte Dickens' neuer Ruhm bereits den von Robert Seymour, dem Illustrator der *Nachgelassenen Aufzeichnungen des Pickwick-Klubs*, was dieser so schlecht verkraftete, daß er sich mit einem Vorderlader in den Kopf schoß. 1837 war Dickens bereits als »Mr Pickwick« bekannt. Mit fünfundzwanzig kam er für seine glücklosen Eltern auf. Nachdem er seinen Vater zweimal nacheinander aus dem Schuldgefängnis ausgelöst hatte, suchte er seinen Eltern kurzerhand eine Wohnung in Exeter, alles nur, um zu verhindern, daß der Vater im Namen des berühmten Sohnes Schulden über Schulden machte.

Das genaue Augenmerk, das Dickens auf die sozialen Übel seiner Zeit hatte, könnte man im politischen Sinne wohl am ehesten mit Reformliberalismus umschreiben – auch wenn sich Dickens politisch nie festlegte. Wenn er zum Beispiel für die Abschaffung der Todesstrafe eintrat, so nicht aus Mitleid mit dem Verbrecher, sondern weil er überzeugt war, daß diese Strafe nicht geeignet war, jemanden von Verbrechen abzuhalten. Johnson zufolge war für

Dickens »das Hauptübel der psychologische Effekt des schrecklichen Schauspiels einer öffentlichen Hinrichtung vor einer gefühllosen und sensationslüsternen Volksmasse«. Unermüdlich unterstützte Dickens die Armenfürsorge und die Einrichtung von Besserungshäusern für Prostituierte. Als *Dombey und Sohn* erschien (1846–48), hatte er sich schon sein eigenes Urteil über die menschliche Habgier – gerade in der Erwerbswelt – gebildet und machte seiner Empörung über die gleichgültige Behandlung der Gestrauchelten unmißverständlich Luft. Zur Zeit der Niederschrift von *Oliver Twist* (1837–39) wußte er bereits, daß Gemeinheit und Grausamkeit dem Menschen nicht vom Schicksal in die Wiege gelegt, sondern erst von der Gesellschaft hervorgebracht werden. Und lange vor *Bleakhaus* (1852–53) war er zu der Überzeugung gekommen, »daß es besser ist, eine große Ungerechtigkeit hinzunehmen, als bei der weit größeren Ungerechtigkeit des Gesetzes Zuflucht zu suchen«.

Er war dreißig, als er seinen ersten Versuch als Herausgeber »einer bedeutenden liberalen Zeitung« unternahm; diese hatte sich »den Prinzipien von Fortschritt und Verbesserung, Bildung, bürgerlicher und religiöser Freiheit und der Gleichheit vor dem Gesetz« verschrieben. Das Zwischenspiel dauerte nur siebzehn Tage. Mit ›Household Words‹ fuhr er wesentlich besser. Diese Wochenschrift war so erfolgreich wie viele seiner Romane – voller »erfreulicher und unerfreulicher eigenartiger Begebenheiten aus der Gesellschaft«, wie er es ausdrückte. Er war einer der ersten Bewunderer George Eliots und auch einer der ersten, die errieten, daß sich hinter dem Namen eine

Frau verbarg. »Ich bin auf derart viele Nuancen gestoßen, die mir außerordentlich weiblich erscheinen«, schrieb er ihr, »daß die Auskunft, welche die Titelseite über den Verfasser gibt, mich auch heute nicht zu überzeugen vermag. Sollte dies nicht das Werk einer Frau sein, so kann ich nur sagen, daß seit Anbeginn der Welt kein Mensch imstande gewesen ist, sich in geistiger Hinsicht so vollkommen in eine Frau zu verwandeln.« Natürlich war sie geschmeichelt – und enthüllte ihm, wer sie war.

In seinem Eifer machte er (trotz aller Großzügigkeit) selbst vor den Werken seiner Freunde nicht Halt: »Noch die besten von ihnen sind von einer entsetzlichen Wohlanständigkeit«, schrieb er, »und zeichnen sich aus durch die typische Engstirnigkeit, welche für das heutige England so bezeichnend ist.« Dennoch war er ein unermüdlicher Streiter für jene, die sonst keinen Fürsprecher hatten. Das kommt auch in Mr. Slearys gelispeltem, leidenschaftlichem Appell zugunsten der Zirkusartisten in *Harte Zeiten* zum Ausdruck: »Die Welt muß auch ihr Vergnügen haben, S-Squire [...], in einem fort kann der Mens-s doch nicht bloß arbeiten und s-saffen, auch nicht bloß-ß immerfort lernen und s-studieren. Tun S-sie das-s Weis-se und das-s Groß-ßherz-zige und laß-ßt uns-s gut s-sein, nicht bös-se!« Diese Eigenschaft von Dickens ist es, die Irving Hope preist, wenn er schreibt, daß »in [seinen] besten Romanen der Unterhalter und der Moralist einander so nahe stehen wie der Schatten einem Körper – als sprächen zwei Stimmen aus einem einzigen Mund«.

Dickens' Stärke sind die gleichzeitig rührenden und komischen Szenen, in denen er auch mit sozialen Mißständen abrechnet. Das ist es, was Johnson seine »Anprangerung gesellschaftlichen Übels« genannt hat. Doch Dickens' Risikobereitschaft in schriftstellerischen Dingen hat wenig mit seinem moralischen Anspruch an die Gesellschaft zu tun. Wovor er sich am wenigsten fürchtet, ist Sentimentalität, ist Zorn oder Leidenschaft. Er hat keine Angst, seine eigenen Gefühle bloßzulegen. Er ist nicht darauf aus, sich zu schützen, er ist nie vorsichtig. Heutzutage, in unserer postmodernen Ära, in der die *Kunst* des Schreibens – das Subtile, das Erlesene, das Raffinierte – hochgejubelt wird, haben wir vielleicht das Herz aus dem Roman »herausraffiniert«. Dickens hätte mit der literarischen Elite von heute, mit den Minimalisten, noch mehr seinen Spaß getrieben als mit Mr Pumblechook oder Mrs Jelleby. Er war der König des Romans in einer Zeit, in der die Vorbilder dieser Literaturform geschaffen wurden.

Dickens hat große Komödien – anspruchsvolle und weniger anspruchsvolle – und gleichzeitig große Melodramen geschrieben. Gegen Ende des ersten Teils von Pips Erwartungen sagt er: »Wir sollten uns unserer Tränen weiß Gott niemals schämen, denn sie spülen wie Regen den Erdenstaub weg, der unsere verschlossenen Herzen bedeckt.« Doch wir schämen uns trotzdem unserer Tränen. Wir leben in einer Zeit, da der kritische Geschmack uns glauben machen will, daß Weichherzigkeit auf Dummheit herausläuft; wir lassen uns von dem Mist im Fernsehen so beeinflussen, daß wir sogar in unserer Abwehr dagegen überreagieren: nämlich indem wir schließen, daß *jeder* Versuch, ein Publikum zum Lachen oder

Weinen zu bringen, schamlos ist – entweder seichtes Affentheater oder Seifenoper.

Edgar Johnson hat recht, wenn er bemerkt: »Zwar läßt sich über die Zwänge, die sich die Menschen des viktorianischen Zeitalters auferlegten, manches sagen, doch in emotionaler Hinsicht sind wir es, die gehemmt sind, nicht sie. Viele heutige Leser, insbesondere die sogenannten Intellektuellen, reagieren auf ungehemmte Gefühlsäußerungen sehr mißtrauisch. Vor allem edelmütige, heroische oder zärtliche Gefühle lassen sie skeptisch und wie angeekelt zurückzucken. Jedes tiefempfundene Gefühl erscheint ihnen überzogen, heuchlerisch oder peinlich.« Johnson bietet auch eine Erklärung dafür an: »Es gibt natürlich Gründe für unsere eigenartige Angst, Gefühle seien nichts weiter als Gefühlsduseleien. Mit zunehmender Beliebtheit der Unterhaltungsliteratur wuchs auch die Zahl der billigen Imitatoren großer Schriftsteller, die nur einen billigen Aufguß ihrer Vorbilder lieferten und deren Kunst der Darstellung emotionaler Vorgänge völlig verwässerten. Dickens – gerade weil er so gut war – wurde das ideale Opfer solcher Nachahmer.«

Geht ein Schriftsteller das Risiko ein, sentimental zu sein, ist er beim modernen Leser nur allzuoft bereits abgeschrieben. Er ist jedoch feige, wenn er Sentimentalität so sehr fürchtet, daß er ihr ganz aus dem Weg geht. Es ist typisch – und entschuldbar –, daß junge Schriftsteller sich bemühen, Gefühlsduseleien zu vermeiden, indem sie ihre Personen keinen emotionalen Extremen aussetzen oder sich ganz einfach weigern, über Menschen zu schreiben. Eine Kurzgeschichte über ein Essen mit vier Gängen aus der Perspektive einer Gabel kann nicht sentimental sein, aber sie wird uns auch nicht nahegehen. Dickens ging bedenkenlos das Risiko ein, sentimental zu sein. »Seine Waffen waren die Karikatur und die Burleske«, schreibt Johnson, »das Melodrama und ungehemmte Gefühlsseligkeit.«

Und noch etwas an ihm ist bewundernswert: Seine Bücher sind nie eitel. Damit will ich sagen: Er strebte nicht nach Originalität. Er gab nicht vor, ein Entdecker zu sein, der versteckte Übel offenlegt. Er war auch nicht so eingebildet zu glauben, daß seine Liebe zur Sprache oder sein Gebrauch der Sprache etwas Besonderes seien; er konnte sehr elegante Prosa schreiben, wenn er wollte, aber er hatte nie so wenig zu sagen, daß es ihm beim Schreiben einzig um die Schönheit der Sprache zu tun gewesen wäre. Auch in dieser Hinsicht hatte er es nicht nötig, originell zu sein. Die größten Romanciers – Dickens, Hardy, Tolstoi, Hawthorne, Melville – haben sich nie um diese Art von Originalität gekümmert. Ihr sogenannter Stil ist jeder beliebige Stil – sie bedienten sich aller Stile. Für solche Schriftsteller ist Originalität der Sprache nichts weiter als eine Mode, die vergehen wird. Bestand haben werden die größeren, schlichteren Dinge – die Dinge, um die es ihnen geht, ihre Obsessionen: die Handlung, die Charaktere, das Lachen und die Tränen.

Dennoch haben anerkannte Meisterstilisten unter Dickens' Schriftstellerkollegen seine Virtuosität bewundert, auch wenn sie sahen, daß diese Virtuosität instinktiv ist – etwas, das man weder lehren noch lernen kann. G. K. Chestertons *Charles Dickens: A Critical Study* ist eine äußerst wohlwollende und genaue Würdigung von Dickens' Stil und gleichzeitig ein fabelhaftes Plädoyer für seine Charaktere: »Seine Protagonisten waren oft Karikaturen, jedoch nicht in dem Maße, wie jene annahmen, die solchen Charakteren nie begegnet waren. Und genau das war bei seinen Kritikern der Fall, denn diese lebten nicht das Leben der gewöhnlichen Leute, im Gegensatz zu Dickens. In England ging es damals weit lustiger und andererseits weit grausamer zu, als Leute wie ebendiese Rezensenten dachten.«

Es ist bemerkenswert, daß sowohl Johnson als auch Chesterton Dickens' Faible für das *Gewöhnliche* betonen, während seine Kritiker vor allem auf seine Exzentrizität hinweisen. »Die Bedeutung, die Dickens als Mensch zukam, steht außer Frage«, schreibt Chesterton, »...die reine Flamme eines unverderbten Genies, die in einem Mann ohne Bildung brannte (der somit weder auf irgendwelchen überlieferten Grundsätzen aufbauen noch auf religiöse oder philosophische Traditionen oder gar fremde Denkschulen zurückgreifen konnte), verbreitete ein Licht, wie man es bis dahin nie gesehen hatte – es beleuchtete die gewöhnlichsten Dinge so, daß sie die phantastischsten und längsten Schatten warfen.«

Vladimir Nabokov hat seinerseits darauf hingewiesen, daß Dickens nicht so schrieb, als hinge sein schriftstellerischer Ruf von einem einzigen Satz ab. »Wenn Dickens dem Leser im Verlauf eines Dialogs oder einer Betrachtung Informationen gibt, gebraucht er meist keine auffälligen Bilder«, schreibt Nabokov. Dickens wußte, wie man den Leser bei der Stange hält; er vertraute ebensosehr auf den von ihm geschaffenen Erzählfluß wie auf seine Gabe der Beschreibung. Und er vertraute auf seine Fähigkeit, dem Leser das Gefühl der emotionalen Verbundenheit mit den Protagonisten zu geben. Der Erzählfluß und das emotionale Interesse an den Protagonisten bewirken, daß Dickens' Romane auf Seite 300 noch spannender sind als auf Seite 30. Nabokov drückt es so aus: »Die Ausbrüche plastischer Bildersprache sind gut verteilt.«

Aber hat er denn nicht alles übertrieben? fragen seine Kritiker.

»Leute, die sagen, Dickens habe übertrieben«, schreibt George Santayana, »haben wohl weder Augen, um zu sehen, noch Ohren, um zu hören. Was sie haben, ist lediglich eine *Vorstellung* davon, wie Menschen und Dinge beschaffen sind; sie akzeptieren sie nur, insofern sie diesen Vorstellungen entsprechen, zu ihrem Nennwert.« Und denen, die behaupten, niemand sei derart gefühlsselig gewesen oder Leute wie Wemmick und Jaggers habe es nie gegeben, hält Santayana entgegen: »Hier belügt sich die Gesellschaft selbst; es *gibt* solche Menschen, und unter unserer Maske sind wir selbst so.« Santayana verteidigt auch Dickens' stilistische Exzesse »als just das, was ihn zu einem vollendeten Komödianten macht, ihn aber andererseits späteren Epochen entfremdet hat, in denen Leute von Geschmack Ästheten und tugendhafte Menschen hochgestochene Snobs waren; sie erwarteten gezierte Kunst, und er gab ihnen üppige Improvisation, sie erwarteten Analyse und Entwicklung, und er gab ihnen reine Komödie.«

Kein Wunder, daß Dickens – weil und obwohl er so

beliebt war – häufig mißverstanden und oft verspottet wurde. Während seiner ersten Reise in die Vereinigten Staaten wetterte er unablässig gegen Amerikas Mißachtung internationaler Copyright-Abmachungen; er machte auch kein Hehl aus seiner Abscheu vor der Sklaverei, und die amerikanische Sitte, praktisch überall auszuspucken, fand er ekelhaft und barbarisch.

Als Reaktion auf diese Kritik zogen die amerikanischen Kritiker über ihn her und nannten ihn einen »Unterweltsreporter« oder »diesen berühmten Schreiberling«; man beschrieb ihn als »ungehobelt, vulgär, unverschämt und oberflächlich«, fand ihn »engstirnig« und »eingebildet«, und von allen Besuchern, die je in »dieses einmalige und großartige Land« gekommen waren, war er nach Meinung vieler »der fadenscheinigste, der kindischste, der kitschigste, der verachtungswürdigste«.

Dickens hatte also durchaus Feinde, doch konnten diese seinem hervorragenden Gespür nichts anhaben, und an Vitalität war er ihnen weit überlegen. Bevor er mit der Arbeit an *Große Erwartungen* begann, sagte er: »Ich muß aus diesem Buch das Allerbeste herausholen – ich glaube, es ist ein guter Titel.« Ja, wirklich, ein guter Titel – einer, von dem viele Schriftsteller sich wünschten, er wäre frei, ein Titel, den viele wunderbare Romane hätten haben können: *Der große Gatsby, Die Fahrt zum Leuchtturm, Der Bürgermeister von Casterbridge, Fiesta, Anna Karenina, Moby Dick* – sie alle sind selbstverständlich Bücher über große Erwartungen.

2

Ein Gefangener der Ehe – »Das eine große Glück, das ich in meinem Leben verfehlt habe . . .«

Aber was ist mit dem Plot, der Handlung? fragen die Kritiker. Ist die Handlung seiner Bücher nicht völlig unwahrscheinlich?

Was heißt da »unwahrscheinlich«? Ich frage mich, wie viele Leute, die einen Plot als »unwahrscheinlich« bezeichnen, sich darüber im klaren sind, daß sie dem Plot als solchem abgeneigt sind. Ein Plot ist *an sich* unwahrscheinlich. Und wenn man all diese zeitgenössischen Romane liest, ist man so etwas wie einen Plot auch gar nicht mehr gewohnt; stößt man dann zufällig doch auf einen, so *muß* man ihn ja unwahrscheinlich finden. Aber: Als die Briten sich 1982 in ihren kleinen Krieg mit Argentinien stürzten, setzten sie den Luxusdampfer ›Queen Elizabeth II‹ als Truppentransporter ein. Und was bekam bei den weit unterlegenen Argentiniern bald höchste militärische Priorität? Natürlich die Versenkung dieses Luxusdampfers – um wenigstens einen »moralischen Sieg« zu erringen. Das muß man sich mal vorstellen! Doch wir akzeptieren in den Nachrichten weit unwahrscheinlichere Dinge als in den Romanen. Literatur ist besser, muß besser sein als die Tagesschau; ein Plot, und sei er noch so unwahrscheinlich, ist besser als das wirkliche Leben.

In diesem Zusammenhang wollen wir uns für einen Augenblick Charles Dickens' Ehe zuwenden. Sollten wir in einem Roman auf die Geschichte seiner Ehe stoßen, so fänden wir sie höchst unwahrscheinlich. Als Dickens Catherine Hogarth heiratete, zog deren jüngere Schwester Mary, die damals erst sechzehn war, zu ihnen. Mary betete ihren Schwager an. Sie war der gute Geist in diesem Haus – wo sie neben Catherine, die sich immer wieder griesgrämig in sich zurückzog, um so warmherziger und ausgeglichener wirken mußte. Ein Außenstehender hat es ja – erst recht, wenn er nicht mehr da ist – auch viel leichter als ein Ehepartner: Mary starb mit siebzehn Jahren und blieb in Dickens' Erinnerung das anbetungswürdige, vollkommene Geschöpf, das er in den späteren Jahren seiner Ehe mit Kate (wie Catherine genannt wurde) immer mehr idealisierte und gegen das die arme Kate keine Chance hatte. Mary entsprach dem Idealbild mädchenhafter Unschuld und erschien in vielerlei Gestalt in Dickens' Romanen: Sie ist Nelly in *Der Raritätenladen*, sie ist Agnes in *David Copperfield*, sie ist Klein Dorrit. Gewiß ist etwas von ihrer Güte auch in der Figur der Biddy in *Große Erwartungen* enthalten, obgleich Biddys Kritik an Pip eine Charakterstärke offenbart, die Dickens bei Mary Hogarth gewiß nicht finden konnte.

In seinen Schilderungen der ersten Amerikareise ging Dickens nur sehr selten auf die Belastungen ein, denen sich Kate ausgesetzt sah (hauptsächlich die Sorge um ihre Kinder, die in England zurückgeblieben waren), doch stellte er einen ausgeprägten Mangel an Interesse für Amerika bei Kates Zofe fest. Kate selbst, so schrieb er, stolperte und stürzte beim Betreten und Verlassen von Schiffen, Kutschen und Zügen insgesamt siebenhundertdreiundvierzigmal. Auch wenn diese Zahl sicher übertrieben ist, muß sich Mrs. Dickens doch sehr ungeschickt und unbeholfen benommen haben. Angesichts ihres bemerkenswerten Mangels an Körperbeherrschung vermutet Johnson eine Nervenkrankheit. Dickens besetzte einmal in seiner Laienspieltruppe eine kleine Rolle mit ihr, deren Text nur dreißig Zeilen umfaßte. Dennoch brachte sie es fertig, durch eine Falltür auf der Bühne zu fallen und sich den Knöchel zu verstauchen, so daß eine andere ihre Rolle übernehmen mußte. Das scheint eine etwas extreme Methode, die Aufmerksamkeit ihres Ehemannes auf sich zu ziehen, doch Kate litt unter dieser Ehe auf ihre Art gewiß ebensosehr wie ihr Mann.

Als die Ehe nach dreiundzwanzig Jahren scheiterte, war abermals eine von Kates jüngeren Schwestern zur Stelle. Dickens fand Georgina »ein überaus bewundernswürdiges und liebenswertes Mädchen«, und ihre Loyalität ihm gegenüber war so groß, daß sie bei Dickens blieb, als er und Kate sich trennten. Vielleicht war sie in ihn verliebt, vielleicht war sie für ihn weit mehr als eine Hilfe mit den zehn Kindern aus seiner Ehe, doch gibt es nichts, das darauf hindeutet, daß ihre Beziehung sexueller Art war, auch wenn damals viel darüber geklatscht wurde.

Vermutlich war er, als er sich von Kate trennte, in Ellen Ternan, ein achtzehnjähriges Mädchen aus seiner Laienspieltruppe, verliebt. Kate entdeckte ein Armband, das Dickens Ellen schenken wollte (er hatte die Gewohnheit, seinen Lieblingsschauspielern kleine Geschenke zu machen), und beschuldigte ihn, bereits ein Verhältnis mit ihr zu haben – was jedoch aller Wahrscheinlichkeit nach erst Jahre nach der Trennung von Charles und Kate der

Fall war. (Dickens' Beziehung zu Ellen Ternan muß fast ebenso schuldbefrachtet und unglücklich gewesen sein wie seine Ehe.) Zur Zeit der Trennung setzte Kates Mutter das Gerücht in die Welt, Dickens habe Ellen Ternan zu seiner Geliebten gemacht. Darauf veröffentlichte Dickens auf der Titelseite seiner sehr beliebten Wochenschrift ›Household Words‹ unter der Überschrift »PERSÖNLICH« eine Stellungnahme, in der er schrieb, die »entstellenden Behauptungen« über seine Person seien »falsch und völlig aus der Luft gegriffen«. Seine Selbstgerechtigkeit in eigener Sache forderte Widerspruch geradezu heraus; intime Einzelheiten, die seine Ehe und die Trennung von seiner Frau betrafen, wurden von der ›New York Tribune‹ veröffentlicht und von allen englischen Zeitungen nachgedruckt. Das muß man sich mal vorstellen!

Das war 1858. Innerhalb der nächsten drei Jahre änderte Dickens den Titel seiner Zeitschrift von ›Household Words‹ in ›All the Year Round‹. Gleichzeitig schrieb er weiterhin unermüdlich seine Fortsetzungsromane, die er in seinem eigenen Blatt erscheinen ließ. Außerdem hielt er zahlreiche öffentliche Lesungen seiner Werke ab, was seiner Gesundheit ebenfalls nicht guttat (bis zu seinem Tod im Jahr 1870 gab er über vierhundert Lesungen), und er vollendete sowohl *Eine Geschichte aus zwei Städten* als auch *Große Erwartungen*. »Ich bin nicht imstande, mich auszuruhen«, teilte er seinem besten und ältesten Freund, John Forster, mit. »Ich bin sicher, daß ich einrosten, Schaden nehmen und sterben würde, wenn ich mich schonen würde. Lieber sterbe ich in den Sielen.«

Was die Liebe betraf, so klagte er, die große Liebe sei

»das eine Glück, das ich im Leben verfehlt habe, die eine Freundin und Gefährtin, die ich nie getroffen habe«. Diese melancholische Überzeugung kommt mehr als nur andeutungsweise in Pips Bemühen um Estellas Liebe zum Ausdruck (und beeinflußte die erste Fassung des Schlusses von *Große Erwartungen* ganz erheblich). Und die Zögerlichkeit und Kälte, mit der die junge Ellen Ternan auf das Werben des berühmten Dichters, der damals Ende vierzig war, reagierte, vermittelte Dickens eine ziemlich genaue Vorstellung von der Sehnsucht nach Estella, die Pip erfüllte.

Die Ehe mit Kate war in seinen Augen ein Gefängnis gewesen. Doch als er daraus ausbrach, erregte er damit einen öffentlichen Skandal und mußte sich vielfache Demütigungen gefallen lassen, während seine Angebetete ihm die kalte Schulter zeigte. Die Beziehung zwischen ihm und Ellen Ternan fand nie die ersehnte Erfüllung. Die fehlende Liebe in seiner Ehe begleitete ihn, wie der Staub des Schuldgefängnisses Mr. Dorrit verfolgt, wie die kalten Nebel der Marschen den jungen Pip in London bedrängen, wie der »Fleck« des Gefängnisses Newgate über Pip liegt, als er so hoffnungsvoll Estellas Kutsche entgegensieht.

Pip ist einer von Dickens' vielen Waisen, doch er ist nicht so unschuldig wie Oliver Twist und nie so nett wie David Copperfield. Er ist nicht bloß ein junger Mann mit unrealistisch hoch gesteckten Erwartungen, sondern ein Schnösel, der die überheblichen Manieren eines Gentlemans annimmt (obwohl er keiner ist); gleichzeitig schämt er sich seiner niederen Herkunft, schämt sich aber auch in

Gesellschaft von Menschen, die höher stehen als er selbst. Pip ist ein Snob. »Es ist eine schlimme Sache, wenn man sich seines Zuhauses schämt«, gibt er zu, doch als er nach London aufbricht, um sich der Wohltaten seines unbekannten Gönners zu erfreuen, läßt er »jedem im Dorf [...] eine Portion Herablassung zukommen«.

Es muß eine Zeit des Selbstzweifels für Dickens gewesen sein – auf jeden Fall war er gezwungen, sein Selbstbild neu zu bewerten. Er hatte seinen Kindern nie erzählt, daß er in einer Schuhwichsefabrik gearbeitet hatte. Obwohl seine eigene Vergangenheit nicht so dunkel war wie die des jungen Pip, muß er sie wohl doch dunkel genug gefunden haben. Er vergaß nie, wie verzagt er gewesen war, als er in Hungerford Stairs Etiketten auf Flaschen kleben mußte.

Fühlte er sich ebenfalls schuldig? Hatte er das Gefühl, daß einige seiner eigenen Unternehmungen lediglich ein hochgestochenes Flair hatten, ohne wirkliche Substanz zu besitzen? Die gesellschaftlich ehrgeizigen Ziele, die der junge Pip verfolgt, werden in *Große Erwartungen* ganz eindeutig negativ bewertet; die mysteriösen, aus dunklen Quellen stammenden Mittel, die ihm »den Weg ebnen« und es ihm erlauben, »über der Arbeit zu stehen«, erweisen sich letztlich nicht als hilfreich. Niemand sollte »über der Arbeit« stehen. Am Ende werden – wie so oft bei Dickens – die Herzen weicher, und die Personen erweisen dem Arbeitsethos, jener Bastion der Mittelklasse, huldvoll eine gewisse Reverenz. »Wir waren kein großartiges Unternehmen«, sagt Pip über seine Arbeit, »hatten aber einen guten Namen, erzielten Gewinne und hatten unser Auskommen.« An diesem Beispiel läßt sich verdeutlichen, was

Chesterton meinte, als er in seinem Essay bemerkte: »Dickens schrieb nicht, was die Leute wollten. Dickens wollte, was die Leute wollten.« Das ist ein gewaltiger Unterschied, besonders was Dickens' Popularität betrifft. Er schrieb nicht *für* ein Publikum, sondern artikulierte vielmehr die Bedürfnisse dieses Publikums – er vermittelte ein erstaunlich plastisches Bild davon, was die Leser fürchteten, wovon sie träumten, was sie wollten.

Heutzutage ist es oft nötig, einen populären Schriftsteller zu verteidigen; immer wieder wird Popularität in literarischen Kreisen als Zeichen schlechten Geschmacks gedeutet: Wie kann ein beliebter Schriftsteller gut sein? Kleinere Geister fühlen sich oft bemüßigt, die Leistungen derjenigen Schriftsteller, die ein größeres Publikum, einen größeren Ruf haben als sie selbst, herabzusetzen. Oscar Wilde beispielsweise, der noch ein Jüngling war, als Dickens starb, sagte über Dickens' Sentimentalität, man müsse schon »ein Herz aus Stein haben, um über Nellys Tod nicht zu lachen«. Derselbe Wilde sagte auch, Flauberts Dialoge bewegten sich auf der Ebene einer Unterhaltung mit einem Schweinemetzger. Flaubert war allerdings auch nicht hauptamtlich Causeur, während – die Zeit wird es weisen – Wildes Aperçus wohl noch sein bedeutendster Beitrag zur Literatur sind. Verglichen mit Dickens oder Flaubert bewegen sich Wildes *schriftliche* Beiträge auf der Ebene der Schweinemetzgerei. Chesterton, der vier Jahre nach Dickens' Tod geboren wurde und in einer Zeit lebte, in der die Popularität (eines Schriftstellers) suspekt war, wies die Vorwürfe, die man Dickens wegen seiner Beliebtheit machte, rundheraus zurück. Die Geschichte werde sich mit Dickens befassen müssen, sagte er – und zwar aus dem einfachen Grund, weil »dieser Mann eine Anhängerschaft hatte«.

Dickens war verschwenderisch und grandios in seinen Beschreibungen, in der Schilderung der Atmosphäre, die alles umgibt – und in der Darstellung des Greifbaren, der Einzelheiten, die furchterregend und innerlich spürbar sind. Das gehörte zu seinen Stärken, und wenn es auch Schwächen gibt, so sind sie eher im Schluß seiner Bücher als im Anfang oder im Mittelteil zu finden. Als guter Christ möchte er am Ende vergeben. Feinde reichen sich die Hände (oder heiraten gar!), und jede Waise findet eine Familie. Miss Havisham, die eine wirklich schreckliche Frau ist, schreit Pip, den sie manipuliert und getäuscht hat, an: »Wer bin ich denn, in Gottes Namen, daß ich freundlich sein soll?« Doch als sie ihn um Vergebung bittet, verzeiht er ihr. Magwitch darf, auch wenn er ein »schlimmes Leben« geführt hat, mit einem Lächeln auf den Lippen sterben, denn er weiß, daß seine verlorene Tochter am Leben ist. Soviel zum Thema »Wahrscheinlichkeit«. Pips böse Schwester stirbt, so daß der liebe Joe eine wirklich gute Frau heiraten kann. Und in der zweiten Version des Schlusses erfüllt sich Pips unglückliche Liebe, und er sieht »keinen Schatten einer neuerlichen Trennung« von Estella. Das ist mechanische Zusammenführung; sie ist unrealistisch und übermäßig ordentlich – als erfordere die Geschlossenheit der Form, daß alle Protagonisten unter die Haube kommen. Unseren zynischen Erwartungen erscheint das unangemessen hoffnungsvoll.

Die hoffnungsvolle Atmosphäre, die uns *Ein Weihnachtslied* so lieben läßt, wirkt in *Große Erwartungen* unglaubwürdig; nach dem Weihnachtsfest erscheint sie vielen wie Wunschdenken. Der erste Schluß von *Große Erwartungen* – Pip und seine unerreichbare Liebe Estella finden nicht zueinander – ist für die meisten modernen Kritiker der richtige (und zweifellos modernere), doch Dickens fühlte sich damit nicht wohl. Diese Änderung hat ihm den Vorwurf eingetragen, billige Zugeständnisse gemacht zu haben. Nachdem Pip zu einem Mann mit einer oberflächlichen Gesinnung geworden ist, soll er schließlich erkennen, wie falsch seine Ziele sind und wie falsch Estella ist, und zu einem traurigeren, aber klügeren Menschen werden. Viele Leser haben ihrer Meinung Ausdruck gegeben, daß Dickens unglaubwürdig wirkt, wenn er uns in der zweiten Version des Schlusses glauben machen will, Estella und Pip könnten fortan ein glückliches Leben führen. Über diesen zweiten Schluß, in dem Pip und Estella miteinander versöhnt werden, bemerkte Dickens zu einem Freund: »Ich habe ein sehr hübsches Stück Literatur geschrieben, und ich bin sicher, daß die Geschichte durch diese Änderung wesentlich gefälliger geworden ist.« Daß Estella für Pip – oder irgendeinen anderen Mann – keine gute Frau sein kann, spielt dabei keine Rolle. »Sie brauchen nicht zu befürchten, daß ich ein Segen für ihn sein werde«, sagt sie durchtrieben angesichts Pips Verzweiflung darüber, daß sie sich für einen anderen Mann entschieden hat. Nein – entscheidend ist, daß Pip und Estella füreinander bestimmt sind; sie gehören zueinander, ganz gleich, ob sie dabei glücklich werden oder nicht.

Der Vorschlag, den Schluß zu ändern, kam zwar von Dickens' Freund Bulwer-Lytton, der sich wünschte, die Geschichte möge ein glücklicheres Ende nehmen. Edgar Johnson stellt jedoch sehr richtig und einfühlsam fest, daß »der geänderte Schluß auf eine verzweifelte Hoffnung hinweist, die Dickens nicht aus seinem Herzen verbannen konnte«. Dies ist keine in letzter Minute aufgesetzte Änderung, sondern vielmehr der Ausdruck einer Hoffnung, die den ganzen Roman durchzieht: daß Estella sich ändern könnte. Pip immerhin ändert sich (und ist damit von allen Hauptpersonen in Dickens' Romanen die einzige, die das auf realistische Weise, wenn auch langsam, tut). Nicht umsonst heißt das Buch *Große Erwartungen*. Ich glaube, daß dieser Titel nicht nur eine Bitterkeit zum Ausdruck bringen soll. Allerdings kann ich mein Argument gleich wieder zu Fall bringen, indem ich mir ins Gedächtnis rufe, daß wir die Bemerkung, Pip sei »ein junger Mann, der zu großen Erwartungen berechtigt«, aus dem Mund des undurchsichtigen und zynischen Mr. Jaggers hören, jenes erfahrenen, alten Mannes, der Pip zu Recht ermahnt: »Geben Sie nichts auf den Anschein, sondern nur auf Beweise. Einen besseren Grundsatz gibt es nicht.« Dickens hat sich jedoch nie an diese Regel gehalten. Mr. Gradgrind aus *Harte Zeiten* glaubt an nichts und besitzt nichts als Tatsachen; dennoch hält Dickens sich immer an Mr. Slearys Rat, »das-s Weis-se und das-s Groß-ß-herz-zige« zu tun. Und es ist großherzig und »weis-se«, aus Pip und Estella ein Paar zu machen.

Tatsächlich ist der erste Schluß derjenige, der für Dickens und den Roman untypisch ist. Als Pip Estella endlich wiedersieht (nachdem er zwei Jahre lang nur gerüchteweise von ihr gehört hat), sagt er mit schwerem Herzen: »Ich war danach sehr froh über dieses Gespräch, denn ihr Gesicht, ihre Stimme und ihre Berührung zeigten mir, daß ihr Leid stärker gewesen war als Miss Havishams Erziehung und sie in ihrem Herzen nun begreifen konnte, wie es früher in meinem Herzen ausgesehen hatte.« Obgleich dieser überlegene und selbstmitleidige Ton moderner ist als Dickens' romantische zweite Version, glaube ich nicht, daß dieser Schluß ein Gewinn für die Literatur gewesen wäre. Es steckt eine moderne Distanz, ja sogar Selbstgefälligkeit darin. Vergessen wir nicht, daß Dickens emsig und überschäumend war, wenn es ihm gutging, und doppelt geschäftig, wenn er unglücklich war. Im ersten Schluß läßt Pip den Kopf hängen, und das ist etwas, das Dickens nie tat.

Der neue Schluß liest sich so: »Ich ergriff ihre Hand, und wir entfernten uns von diesem zerstörten Ort. Wie sich die Morgennebel vor langer Zeit, als ich zum erstenmal die Schmiede verließ, verzogen hatten, stiegen jetzt die Abendnebel auf, und in dem milden Licht, das sie verströmten, sah ich keinen Schatten einer neuerlichen Trennung von ihr.« Ein sehr hübsches Stück Literatur, wie Dickens fand, und ein völlig offener Schluß – noch immer doppelsinnig (Pips Hoffnungen sind ja schon einmal enttäuscht worden) und ein weit besserer Spiegel für jene Art von Vertrauen, die das ganze Buch durchzieht. In diesem zuversichtlichen Schluß schwingen all die krassen Widersprüche mit, für die wir Dickens lieben sollten: Er unterstreicht und untergräbt alles, was vorher war. Pip ist grundsätzlich gut und grundsätzlich vertrauensselig; anfangs ist er einfach menschlich, er lernt, indem er Fehler macht – und sich schließlich für sich selbst schämt –, und er bleibt menschlich. Die bewegende Unlogik des Schlusses erscheint nicht nur großherzig, sondern auch wahr.

»Ich [liebte] Estella damals einfach aus dem Grund [...], weil ich sie unwiderstehlich fand«, klagt Pip, und über das Verlieben im allgemeinen sagte er: »Wie hätte ich, ein armer, verwirrter Bursche vom Land, diesen wunderbaren Wankelmut vermeiden können, dem die besten und weisesten Männer jeden Tag anheimfallen?« Und was verrät uns Miss Havisham über die Liebe? »Ich werde dir erklären, was wahre Liebe ist«, sagt sie. »Es ist blinde Ergebenheit, bedingungslose Selbsterniedrigung, völlige Unterordnung, Vertrauen und Glauben wider eignes besseres Wissen und das der ganzen Welt, und es bedeutet, daß du Herz und Seele dem hingibst, der dich vernichtet – so wie ich es getan habe!«

Mit der Wut einer Frau, die sitzengelassen worden ist, trägt Miss Havisham ihr Hochzeitskleid für den Rest ihres Lebens und verwandelt, wie sie selbst zugibt, Estellas Herz in einen Eisblock, damit diese die Männer in ihrem Leben so gnadenlos zerstören kann, wie Miss Havisham zerstört worden ist. Miss Havisham ist eine der größten Hexen in der Geschichte des Märchens, und zwar weil sie tatsächlich ist, was sie auf den ersten Blick zu sein scheint. Als Pip sie kennenlernt, erscheint sie ihm böser und grausamer als der entflohene Sträfling, dem er als kleiner Junge in den Marschen begegnet ist. Später hat sie ihre diebische

Freude an dem Mißverständnis, das Pip glauben läßt, daß sie nicht die Hexe ist, für die er sie anfangs gehalten hat, sondern eine exzentrische Zauberfee. Sie weiß, daß er sich irrt, doch sie bestärkt ihn in seinem Glauben; ihre Bosheit treibt sie zur Mittäterschaft. Am Ende erweist sie sich natürlich als die Hexe, die sie schon immer war. Das ist echte Magie, ein Märchenstoff – doch für viele von Dickens' Kritikern ist Miss Havisham aufgrund ihrer Exzentrizität eine seiner unglaubwürdigsten Personen.

Es wird Sie überraschen, daß Miss Havisham nicht ganz und gar eine der Phantasie entsprungene Figur ist. In seiner Jugend sah Dickens oft eine Verrückte auf der Oxford Street. Für seine Zeitschrift ›Household Words‹ schrieb er eine Geschichte mit dem Titel »Where We Stopped Growing« über sie: »Die Weiße Frau ... war ganz in Weiß gekleidet ... Wir wissen, daß sie in weißen Stiefeln durch den winterlichen Matsch stapft. Sie ist eine dünkelhafte alte Frau mit einem kalten, gespreizten Auftreten, und sie ist offenbar aus rein persönlichen Gründen verrückt geworden – zweifellos, weil ein reicher Quäker sie nicht heiraten wollte. Sie trägt ihr Hochzeitskleid. Sie ist immer ... auf dem Weg zur Kirche, wo sie den falschen Quäker heiraten will. Ihr affektierter Gang und ihr kalter Blick verraten uns, daß sie vorhat, ihn an der kurzen Leine zu führen. Wir hörten auf zu wachsen, als wir zu dem Schluß kamen, daß der Quäker Glück gehabt hatte, der Weißen Frau zu entkommen.« Diese Zeilen wurden wenige Jahre vor *Große Erwartungen* geschrieben. Drei Jahre zuvor hatte er in einer ›Household Narrative‹ genannten Beilage zu ›Household Words‹ die wahre Geschichte einer Frau erzählt, deren Kleider an den Kerzen eines Weihnachtsbaums Feuer fangen. Ein junger Mann wirft sie zu Boden, erstickt die Flammen mit einem Teppich und bewahrt sie so vor dem Tod, wenn auch nicht vor schweren Verbrennungen – das ist fast genau die Geschichte von Miss Havishams Unfall und ihrer Rettung durch Pip.

Dickens war nicht so sehr ein phantasiebegabter, schrulliger Erfinder unwahrscheinlicher Figuren und Szenen als vielmehr ein Mann, der den tatsächlichen Opfern seiner Zeit unablässig seine Aufmerksamkeit schenkte. Er richtete den Blick auf die Leidtragenden, vom Schicksal Verfolgten oder von der Gesellschaft Verstoßenen. Ihn interessierten nicht die, die den Katastrophen zu entgehen wußten und sich auch noch etwas darauf zugute hielten, sondern die, die am Rande dieser Katastrophen standen und in sie hineingerissen wurden. Der Vorwurf, er sei ein Effekthascher, ist der Vorwurf phantasielos abgesicherter und selbstzufriedener Menschen, die die Gewißheit haben, daß ein konventionelles Leben sicher und richtig und darum das einzig wahre Leben ist.

»Der Schlüssel zu Dickens' großen Charakteren ist, daß sie allesamt große Narren sind«, schreibt Chesterton. »Der Unterschied zwischen einem großen und einem kleinen Narren ist derselbe wie zwischen einem großen und einem kleinen Dichter. Der große Narr ist ein Mensch, der über der Weisheit und nicht unter ihr steht.« Ein entscheidendes Merkmal des »großen Narren« ist natürlich seine Fähigkeit zur Zerstörung – er ist ein Mensch, der nicht nur Chaos anrichtet, sondern auch sich selbst zerstört. Man denke nur an all die Gestalten, die Shakespeares Dramen bevölkern: Lear, Hamlet, Othello – sie alle sind »große Narren«.

Und es gibt einen Pfad, den alle großen Narren der Literatur oft ohne Zögern einzuschlagen scheinen: Sie werden zum Opfer ihrer eigenen Lügen und/oder ihrer Offenheit für die Lügen anderer. In einer Geschichte mit einem großen Narren gibt es fast unvermeidlich immer eine große Lüge. Die wichtigste Lüge in *Große Erwartungen* ist natürlich die von Miss Havisham: Sie lügt, indem sie etwas verschweigt. Und Pip belügt seine Schwester und Joe über seinen ersten Besuch bei Miss Havisham: Er erzählt ihnen, daß Miss Havisham eine »schwarze, mit Samt ausgeschlagene Kutsche« *in* ihrem Haus habe und daß sie alle so getan hätten, als wären sie in dieser Kutsche gefahren, während vier »riesengroße« Hunde »sich um Kalbskoteletts« gebalgt hätten, die »in einem Silberkörbchen lagen«. Pip kann nicht wissen, daß diese Lüge weniger außergewöhnlich ist als die Wahrheit über Miss Havishams Leben in Haus ›Satis‹ und alles, was damit zusammenhängt – das wird er in der »großen weiten Welt« noch erfahren.

Der Sträfling Magwitch, der auf den ersten Seiten des Buches Pips Leben und Leber bedroht, hat, wie sich später zeigt, ein größeres Herz als unser junger Held. Er ist »ein Mann, der durchnäßt und schmutzbedeckt war, der sich die Füße auf den Kieselsteinen wundgelaufen hatte, der von Nesseln zerstochen und von Dornen zerrissen worden war. Ein Mann, der humpelte und zitterte, der funkelnde Blicke um sich warf [und] knurrte.« Er ist der Mann, den Pip in den Marschen, in der Nähe eines Galgens verschwinden sah, »an dem einige Bande hingen, in die früher ein Pirat geschlagen war [...], als ob er der Seeräuber wäre, der lebendig geworden und heruntergekommen ist, um sich selbst wieder aufzuhängen«. Daß dieser Mann später zu einem Muster an Ehrenhaftigkeit wird, gehört zu der Schalkhaftigkeit, zu dem Spaß, den der Plot von *Große Erwartungen* für uns bereithält. Für Dikkens ist Plot gleichbedeutend mit Unterhaltung – mit Spannung und ungetrübtem Lesevergnügen, die um so länger anhalten, als die meisten von Dickens' Romanen in Fortsetzungen erschienen. Zu den Geschenken, die er den Lesern seiner Fortsetzungsromane machte, gehörten auch große und überraschende Zufälle. Ein Kritiker, der über zufällige Begegnungen und andere höchst unwahrscheinliche Entwicklungen in Dickens' Romanen die Nase rümpft, muß ein äußerst unterentwickeltes Gespür für seine Leser haben.

Dickens schrieb ganz ungeniert *für* seine Leser. Er schimpft mit ihnen, er verführt sie, er schockiert sie, er gibt ihnen Slapstick-Szenen und hält ihnen Predigten. Sein Ziel war es, schreibt Johnson, »ihnen nicht den Magen umzudrehen, sondern ihr Herz anzurühren«. Ich habe jedoch den starken Verdacht, daß Dickens heute, da die Herzen härter geworden sind, danach gestrebt hätte, auch Mägen umzudrehen, da dies das einzige Mittel ist, wie man diese verhärteten Herzen noch erreichen kann. Dieses Ziel verfolgte er ohne jede Zurückhaltung. Er redete seinen Lesern gut zu, er gab ihnen großes Vergnügen, damit sie vor seinen Visionen des Grotesken, seinen drastischen Anprangerungen nicht die Augen verschlossen.

Vielleicht hatte er das Gefühl, er habe Pip und Estella – und seine Leser – lange genug leiden lassen. Warum also sollten die beiden sich am Ende nicht kriegen? Charles Dickens fand nie »das eine große Glück, das ich im Leben verfehlt habe, die eine Freundin und Gefährtin, die ich nie getroffen habe«. Doch Pip sollte dieses Glück haben, und darum gab er Pip seine Estella.

3

»Ohne Hilfe oder Erbarmen in dieser glitzernden Menge«, im »verwilderten Garten«

Aber was ist mit dem *Plot?* fragen die Kritiker. Wer soll so etwas glauben?

Ganz einfach: Es ist nun einmal so, daß zwischen allen Menschen, die uns nahestehen, eine Verbindung existiert. Diese Verbindung muß nicht verwandtschaftlicher Natur sein, doch all diese Leute, die in uns Gefühle hervorrufen – all diese Leute aus verschiedenen Orten, aus verschiedenen Phasen unseres Lebens, durch die völlig verschiedene Situationen miteinander verknüpft werden, sind dennoch »verwandt«. Wir setzen Menschen nicht aus faktischen, sondern aus emotionalen Gründen zueinander in Beziehung – Menschen, die einander nicht kennen, die noch nicht einmal von ihrer gegenseitigen Existenz wissen, sogar Menschen, die uns vergessen haben. In Dickens' Romanen stehen solche Menschen tatsächlich miteinander in Beziehung – manchmal sind sie sogar verwandt. Fast immer wird die Verbindung zwischen ihnen durch Situationen, durch Zufälle geschaffen, vor allem aber ist sie eine Folge der Handlung. Sehen Sie sich nur an, was für eine Kraft Miss Havisham darstellt: Jeder, der für Pip von Bedeutung ist, hat (oder hatte) irgend etwas mit ihr zu tun.

Miss Havisham ist falsch, sie ist vorsätzlich niederträchtig. Sie ist weit mehr als eine böse alte Frau, die durch ihren hysterischen Egoismus schrullig und gemein wird (obgleich sie auch das ist). Sie betreibt aktiv Pips Verführung – sie will, daß Estella ihn quält. Auch wer zuwenig Phantasie hat, sich vorzustellen, daß es solche Menschen tatsächlich gibt, muß zumindest zugeben, daß wir (oder jedenfalls die meisten von uns) ebenso wie Pip imstande wären, uns derart verführen zu lassen. Pip wird gewarnt – es ist Estella selbst, die ihn warnt. Im Zentrum der Geschichte stehen nicht so sehr das absolute Böse in Gestalt von Miss Havisham als vielmehr Pips Erwartungen, die so groß sind, daß sie seinen gesunden Menschenverstand ausschalten. Pip will ein Gentleman sein, er will Estella zur Frau – und seine Wünsche sind stärker als seine Wahrnehmungen. Kennen wir diese Selbsttäuschung nicht auch aus unserem eigenen Leben?

Man sollte Dickens nicht vorwerfen, er habe übertrieben. *Große Erwartungen* hat nur wenige Schwächen, und sie bestehen nicht im *Über*treiben, sondern im *Unter*treiben. Die schnell, fast sofort geschlossene Freundschaft zwischen Pip und Herbert wird nicht weiterentwickelt oder herausgearbeitet. Ferner sollen wir Herberts absolute Güte (die nie sehr deutlich herausgearbeitet wird) als gegeben hinnehmen – und daß Herberts Spitzname für Pip

»Händel« ist, macht mich wahnsinnig! Ich finde Herberts Güte sehr viel weniger glaubwürdig als Miss Havishams Schlechtigkeit. Und Dickens' Faible für Laienschauspieler ist größer als seine Fähigkeit, Mr Wopsle und den Ehrgeiz dieses armen Kerls interessant zu gestalten. Die Kapitel 30 und 31 sind langweilig – vielleicht wurden sie nur eilig hingeworfen, vielleicht verraten sie auch ein Nachlassen von Dickens' eigenem Interesse. Wie auch immer: Sie lassen sich gewiß nicht als Beispiele für seinen bekannten Hang zur Übertreibung heranziehen. Immer wenn er übertrieb, tat er es mit grenzenloser Energie.

Johnson schreibt, daß »Dickens Menschen mochte und verabscheute; er war nie indifferent. Er liebte und lachte und verspottete und verachtete und haßte, aber er behandelte nie jemanden von oben herab, er war kein Snob.« Zum Beispiel Orlick: Er ist so gefährlich und ein falscher Hund, und Dickens zeigt wenig Verständnis dafür, daß gesellschaftliche Umstände Orlick zu einem bösen Menschen gemacht haben; er ist einfach böse, er will töten. Zum Beispiel Joe: Er ist stolz, aufrichtig, fleißig, beklagt sich nicht und ist immer freundlich, trotz des krassen Mangels an Anerkennung; er ist einfach gut – er will keinem etwas Böses zufügen. Obwohl Dickens ein starkes gesellschaftliches Verantwortungsgefühl besaß und sehr wohl sah, welche Auswirkungen die Beschaffenheit der Gesellschaft auf den einzelnen hat, glaubte er doch an Gut und Böse: Er glaubte, daß es durch und durch gute oder böse Menschen gab. Er liebte aufrichtige Tugend und Güte, und er verabscheute die Grausamkeit in ihren mannigfachen Formen und quittierte Egoismus und Heuchelei mit Hohn und Spott. Zu Gleichgültigkeit war er nicht fähig.

Er zieht einen Wemmick einem Jaggers vor, doch zeigt er Jaggers gegenüber weniger Verachtung als Furcht. Jaggers ist zu gefährlich, als daß man ihn verachten könnte. Als Kind dachte ich, daß Jaggers sich immer die Hände wäscht und seine Fingernägel mit dem Federmesser reinigt, weil seine Klienten so moralisch verderbt, so schmutzig sind: Der Rechtsanwalt will seinen Körper von dem Schmutz reinigen, der an ihm klebt, weil er immer mit kriminellen Elementen zu tun hat. Heute glaube ich, daß dies nur zum Teil erklärt, warum Jaggers nie wirklich sauber sein kann; ich halte es für viel wahrscheinlicher, daß der Schmutz, der an Jaggers klebt, von seiner Arbeit im Dienste des Gesetzes rührt: Es ist der Dreck seines Berufs. Deswegen ist Wemmick viel menschlicher als Jaggers. Pip fällt auf, daß Wemmick »zwischen den Gefangenen wie ein Gärtner zwischen seinen Pflanzen umherging«, und dennoch ist Wemmick imstande, »seine Walworth-Gefühle« zu haben. Zu Hause, bei seinem »alten Vater«, ist Wemmick ein guter Mensch. An Jaggers haftet der Schmutz hartnäckiger; er ist zu Hause fast so geschäftsmäßig wie in seiner Kanzlei, und die Anwesenheit seiner Haushälterin Molly, die mit Sicherheit eine Mörderin und dem Galgen nicht entkommen ist, weil sie unschuldig war, sondern weil Jaggers sie geschickt verteidigt hat, verbreitet am Eßtisch eine Atmosphäre, die an das Gefängnis Newgate erinnert.

Natürlich gibt es von Jaggers einiges zu lernen: Die Aufmerksamkeit, die er dem stumpfen Bösewicht

Drummle widmet, öffnet Pip die Augen für die Ungerechtigkeit der Welt – die Wertmaßstäbe der Welt basieren auf Geld, gesellschaftlicher Stellung und auf dem sicheren Erfolg, den brutale Aggressivität schafft. Durch seinen Haß auf Drummle lernt Pip sich auch selbst besser kennen: »Unseren schlimmsten Schwächen und Gemeinheiten geben wir meist wegen jener Menschen nach, die wir am meisten verabscheuen.« Man könnte Pips Entwicklung im Roman als die eines Jungen charakterisieren, der schwer von Begriff ist. Von Anfang an glaubt er Pumblechook durchschaut zu haben, doch das *Ausmaß* von dessen Heuchelei und Kriecherei, von dessen Unaufrichtigkeit und Hinterhältigkeit – Pumblechooks Loyalität richtet sich stets nach dem Status seines Gegenübers und wird sogleich entzogen, wenn dessen Schicksal sich wendet – setzt Pip immer wieder in Erstaunen und dient seiner Erziehung. Pumblechook ist eine starke Nebenfigur, ein Mann, den zu hassen leichtfällt. In unserer heutigen Literatur fehlt sowohl die Fähigkeit zu preisen, wie Dickens preisen konnte, nämlich vorbehaltlos, als auch die Fähigkeit zu hassen, wie er hassen konnte, nämlich aus ganzem Herzen. Liegt das an unserer Zaghaftigkeit, oder hat das differenziertere Bild des Verbrechers, das uns Psychologen und Soziologen vermitteln, mit dem Erzschurken auch den strahlenden Helden aus unseren Büchern verbannt?

Dickens legt eine einzigartige Liebe für seine Figuren an den Tag, und das gilt auch für die meisten seiner Schurken. »Die Langweiler in seinen Büchern sind unterhaltsamer als die Geistreichen in anderen«, bemerkt Chesterton.

»Zwei hervorstechende Fähigkeiten, nämlich eine Gänsehaut zu erzeugen und zum Lachen zu reizen, bis einem der Bauch weh tut, waren ... bei ihm so innig miteinander verbunden wie Zwillinge.« Dickens' Liebe für das Theatralische machte jede seiner Figuren für ihn zu einem *Schauspieler.* Und weil sie alle Schauspieler und darum wichtig sind, verhalten sie sich dramatisch – und Helden wie Schurken werden mit Eigenschaften ausgestattet, die sich einprägen.

Mein Held ist Magwitch, und alles, was in *Große Erwartungen* aufregend und packend ist, hat irgendwie mit diesem Sträfling zu tun, der sein Leben aufs Spiel setzt, um zu sehen, was aus seinem Protegé geworden ist. Es sieht Dickens ähnlich, daß er Magwitch die Wahrheit erspart: Sein Schützling ist nicht allzugut geraten. Und was für eine Lebensgeschichte Magwitch hat! Er ist es, der dem Anfang des Buches Spannung verleiht: ein entflohener Sträfling, der einem kleinen Jungen so viel Angst einjagt, daß dieser ihm etwas zu essen und eine Feile für die Fußeisen gibt. Und als er, ein polizeilich gesuchter Mann, nach London zurückkehrt, trägt Magwitch nicht nur zum dramatischen Schluß des Romans bei, sondern zerstört auch Pips Erwartungen so gründlich, wie er sie geweckt hat. Und schließlich gibt Magwitch uns die fehlenden Informationen über Miss Havishams Schicksal – erst durch ihn wissen wir, wer Estella ist.

Im »verwilderten Garten« von Haus »Satis« zerstört das wuchernde Unkraut jegliche Schönheit im Keim; der vermodernde Hochzeitskuchen wimmelt von Spinnen und

Mäusen. Pip kann sich (und das färbt auf Estella ab) nie von dem »Fleck« des Gefängnisses befreien. Der Schatten des Verbrechens, den Pip an entscheidenden Punkten seiner Werbung um Estella immer wieder unerklärlich auf sich lasten fühlt, ist natürlich ein Vorbote der Offenbarung, daß Pip zu dem Verbrecher Magwitch in einer engeren Verbindung steht, als er ahnt. Als Pip die Wahrheit erfährt, verläßt ihn jeglicher Humor. Dagegen war er selbst als mißhandeltes Kind imstande (zumindest rückblickend), Humor zu zeigen. Er erinnert sich, daß er »mit den schäbigen Resten der Geflügelkeulen bewirtet wurde, beziehungsweise mit jenen unbedeutenden Teilen vom Schwein, auf die es sich in lebendem Zustand nichts einzubilden brauchte«. Doch nachdem Pip erfahren hat, wer sein Wohltäter ist, verliert Dickens' Sprache an Witz. Die Handlung gewinnt an Tempo, und gleichzeitig wird die Sprache knapper.

Dickens' Sprache ist opulent, wenn er opulent sein wollte, und sie ist karg, wenn er den Leser lediglich durch die Handlung führen wollte. In beiden Fällen ist er sich des Lesers stets bewußt. Er begann erst relativ spät mit seinen Lesungen, und doch zielte seine Sprache immer auf lautes Lesen ab – das erkennt man an den Wiederholungen und Refrains, an den reichhaltigen Beschreibungen, mit denen neue Figuren oder Schauplätze eingeführt werden, und an der Vielzahl von Satzzeichen. Dickens setzt zu viele Satzzeichen; das bewirkt, daß lange und potentiell schwer verständliche Sätze langsamer, aber leichter zu lesen sind – als wären seine Satzzeichen eine Art Regieanweisung für lautes Lesen oder als wäre er sich ständig bewußt, daß große Teile seines Publikums die Romane in Fortsetzungen lasen und ständig erinnert werden mußten. Er ist überdeutlich. Er ist ein Meister jenes Instruments, das kurze Sätze lang erscheinen läßt und lange Sätze lesbar macht: Ich meine das Semikolon. Dickens möchte keinen Leser in die Irre führen; gleichzeitig will er aber auch nicht, daß man seine Bücher nur überfliegt. Dickens zu überfliegen ist ziemlich schwierig; man überliest so viel, daß man das Ganze nicht mehr verstehen kann. Dickens hat jeden Satz leicht zu lesen gemacht, weil er wollte, daß man jeden Satz liest.

Stellen Sie sich vor, Ihnen würde diese Nebenbemerkung über die Ehe entgehen: »Ich möchte hier anmerken, daß ich vermutlich besser als irgendein anderer mit der Wirkung eines kantigen Eherings vertraut bin, der gefühllos über das Gesicht gleitet.« Natürlich bezieht der junge Pip sich hier darauf, daß seine Schwester ihm das Gesicht schrubbt, doch der aufmerksame Leser erkennt die Anspielung auf die allgemeinen Unannehmlichkeiten der Ehe. Und wer könnte sich nicht vorstellen, daß Dickens' eigene Erschöpfung und Erniedrigung in der Schuhwichsefabrik in die Empfindungen eingeflossen sind, die Pip bei seiner eintönigen Arbeit in der Schmiede hat? »In der kleinen Welt, in der Kinder aufwachsen, [...] wird nichts so genau wahrgenommen und empfunden wie Ungerechtigkeit.« Und »Ungerechtigkeit« war immer sein Thema, und sein schärfster Zorn richtete sich immer gegen Ungerechtigkeit gegenüber Kindern. Es sind sowohl die Empfindsamkeit des Kindes als auch die Verletzlichkeit eines Schriftstellers, der die Mitte des Lebens überschritten hat (und weiß, daß das größte Glück hinter ihm und die größte Einsamkeit noch vor ihm liegt), die Pip beim Anblick der nächtlichen Marschen erschauern lassen. »Und dann sah ich zu den Sternen hinauf und stellte mir vor, wie furchtbar es für einen Menschen sein müßte, wenn er ihnen sein Gesicht zuwandte, während er erfror, ohne Hilfe oder Erbarmen in dieser glitzernden Menge zu finden.«

Große Erwartungen enthält Bilder von solcher Kraft, und sie sind ebenso erstaunlich wie die Hauptfiguren und der vortreffliche Plot. Dickens lebte in einer Welt, die mit großen Schritten einer Zukunft entgegeneilte, die von weit mächtigeren und unmenschlicheren Institutionen beherrscht werden würde, und sein Augenmerk galt denen, die der Gier und Hektik der Gesellschaft zum Opfer fielen. »Mit herrlicher, heftiger Leidenschaft«, schreibt Johnson, »trat er für die kostbaren Gemeinen ein.« Er glaubte, daß man die Würde des Menschen nur verteidigen könne, indem man das Individuum ehrte und schützte.

Als Dickens die erste Fassung von *Große Erwartungen* abschloß, wurde seine Zeit bereits knapp. Er war erschöpft. Er schrieb nur noch einen weiteren Roman (*Unser gemeinsamer Freund,* 1864–65); *Das Geheimnis um Edwin Drood* blieb unvollendet. An dem Tag, an dem er an einem Schlaganfall starb, arbeitete er einen vollen Arbeitstag an diesem Werk; der letzte Satz, den er schrieb, lautet: »Die kalten, jahrhundertealten Steingräber werden warm, und helle Lichtflecken dringen bis in die strengsten Marmorecken, wo sie flatternd tanzen, als hätten sie Flügel.« Danach versuchte er, einige Briefe zu schreiben; in einem davon, verrät uns Johnson, zitiert er Bruder Lorenzos Warnung an Romeo: »So wilde Freude nimmt ein wildes Ende.« Vielleicht spricht daraus eine Vorahnung; in seinen Romanen beweist er eine große Schwäche für Vorahnungen.

Charles Dickens starb an einem warmen Juniabend des Jahres 1870 an einem Gehirnschlag. Als der Tod eintrat, waren seine Augen geschlossen, doch über seine rechte Wange lief eine Träne. Er war achtundfünfzig Jahre alt. Drei Tage ließ man sein Grab in der Westminster Abbey noch offen, und viele Tausende kamen, um Abschied zu nehmen von dem Mann, der als Kind in einer Schuhwichsefabrik in Hungerford Stairs so niedrige Arbeiten verrichten mußte.

Nachweis

Rettungsversuch für Piggy Sneed: Copyright © 1982 by John Irving. Zuerst erschienen in ›The New York Times Book Review‹, 22. 8. 1982. Deutsche, leicht gekürzte Erstveröffentlichung in ›Der Rabe‹, Nr. 8, 1984 unter dem Titel ›Rettungsversuch für Schweini Sneed‹. Deutsch von Michael Walter. Alle anderen Erzählungen sowie der Essay über Charles Dickens deutsch von Dirk van Gunsteren.

Innenräume: Copyright © 1981 by John Irving. Erschien zuerst in ›Fiction‹, Vol. 6, Nr. 2, 1981.

Fast schon in Iowa: Copyright © 1973 by John Irving. Erschien zuerst in ›Esquire‹, November 1973.

Miss Barrett ist müde: Copyright © 1968 by John Irving. Erschien zuerst in ›The Boston Review‹, Spring-Summer 1968.

Brennbars Fluch: Copyright © 1974 by John Irving. Erschien zuerst in ›Playboy‹, Dezember 1974.

Fremde Träume: Copyright © 1982 by John Irving. Erschien zuerst in *Last Night's Stranger: One Night Stands and Other Staples of Modern Life*, hrsg. von Pat Rotter, A & W publishers, New York, 1982.

Charles Dickens – der König des Romans: Copyright © 1986 by Garp Enterprises. Erschien zuerst als Vorwort zur amerikanischen Taschenbuchausgabe von *Charles Dickens, Great Expectations*, Bantam Classics, New York 1986.

John Irving im Diogenes Verlag

Das Hotel New Hampshire

Roman. Aus dem Amerikanischen
von Hans Hermann

Eine gefühlvolle Familiengeschichte, in der Bären, ein Wiener Hotel voller Huren und Anarchisten, ein Familienhund, Arthur Schnitzler, Moby-Dick, der große Gatsby, Gewichtheber, Geschwisterliebe und Freud vorkommen – nicht *der* Freud, sondern Freud der Bärenführer.

»Ein ausuferndes Bilderbuch, wild fabulierend und von köstlicher Ironie durchsetzt.«
Tagesspiegel, Berlin

»Irrsinnig komisch, meisterhaft erzählt, bezaubernd; als ob die Brüder Grimm und die Marx Brothers beschlossen hätten, gemeinsam einen draufzumachen.«
The New York Times

Laßt die Bären los!

Roman. Deutsch von Michael Walter

Das Personal: zwei nicht erfolgsverwöhnte Studenten, ein großstadtsüchtiges Mädel vom Land, der Österreichische Bundesadler, Nachtwächter, ein mystischer Motorrad-Meister, ein Traktorfahrer, Honigbienen, ein raffinierter Linguist, ein Historiker ohnegleichen, die Slivnica-Familienhorde und die Benno-Blum-Bande, die 39er-Grand-Prix-Rennmaschine und der berühmte Asiatische Kragenbär.

»Irvings Erstling weist bereits alle Vorzüge auf, die seine späteren Bücher auszeichnen: Einfallsreichtum, Witz und Humor. Nacherzählen läßt sich Irvings heiter-melancholischer Schelmenroman, in dem vor allem Wien eine besondere Rolle spielt, nicht. Man sollte ihn lesen.« *Hamburger Abendblatt*

»Ein verblüffendes, originelles und immer höchst menschliches Plädoyer für eine bessere Welt. Ein Buch, das man gerade in dieser Zeit dringend lesen sollte ... es macht Mut zur Phantasie und zum aufrechten Gang, tröstet, wenn einen mal wieder die Bienen gebissen haben!« *Süddeutscher Rundfunk, Stuttgart*

Eine Mittelgewichts-Ehe

Roman. Deutsch von
Nikolaus Stingl

In einer Universitätsstadt in Neuengland beschließen zwei Paare, es einmal mit Partnertausch zu versuchen, ein mittelgewichtiger Versuch, mit dem schwergewichtigen Problem der Ehe fertig zu werden und wieder gefährlich zu leben. Anfangs scheint in dieser erotisch-ironischen Geschichte einer Viererbeziehung alles zu klappen.

»Lust und Last beim Partnertausch, Traum und Alptraum, Irrsinn und Irrwitz, Klamauk und Katastrophe: Irving verschweigt nichts.«
Frankfurter Allgemeine Zeitung

Gottes Werk und Teufels Beitrag

Roman. Deutsch von
Thomas Lindquist

Dr. Wilbur Larch und Homer Wells: ein moderner Schelmenroman und zugleich eine herrlich altmodische Familiensaga von einem Vater wider Willen und seinem ›Sohn‹, der, wie einst David Copperfield, eines Tages auszieht, um »der Held seines eigenen Lebens zu werden«.

»Ein Roman über die endlosen Mühen der sexuellen Emanzipation, über den langen, historischen Weg aus der Bigotterie; von einem Mann geschrieben, mit einem Mann als Held, kein bißchen feministisch und doch ein flammendes Werk für Frauen. Das mache mal einer nach.« *Die Zeit, Hamburg*

»*Gottes Werk und Teufels Beitrag* hat noch mehr Kraft und Echtheit als Irvings frühere Romane.«
The New York Times

Die wilde Geschichte vom Wassertrinker

Roman. Deutsch von
Edith Nerke und Jürgen Bauer

Die wilde Geschichte vom Wassertrinker ist Irvings zweiter Roman, der Vorläufer von *Garp* und *Hotel New Hampshire*, ernster und burlesker zugleich.

»*Die wilde Geschichte vom Wassertrinker* liegt nun in einer durchweg gelungenen Übersetzung vor, von der man ahnt, daß sie hart erarbeitet wurde. Die Geschichte ist klug angelegt, unterhaltsam und stellenweise immer wieder von überraschender Komik. Und nicht zuletzt ist sie eine besonders galante und latent ironische Verbeugung des Autors vor den Frauen: Ohne deren zivilisierenden und fordernden Einfluß, so muß man annehmen, wäre Fred ›Bogus‹ Trumper im Stadium selbstzerstörerischer Faulheit steckengeblieben und hätte den beseligenden Prozeß des Reifwerdens nie am eigenen Leib und Geist verspürt.«
Frankfurter Allgemeine Zeitung

»*Die wilde Geschichte vom Wassertrinker* ist einfach grandios! Diese in der Tat wild zwischen Zeiten und Orten umschweifende Geschichte vom Erwachsenwerden gehört zum Besten, was der Autor von *Garp und wie er die Welt sah* bislang vorgelegt hat. Witzig, melancholisch und wie immer gewürzt mit ein bißchen Österreich, leidenschaftlichem Vater-Sein (keine Bären diesmal) und der Küste von Maine, erzählt Irving in rasantem Tempo vom Leben im verstopften Zustand. Diese verschmitzte Posse übers amerikanisch-akademische ›Anderssein‹ ist ein Sittenroman, dem beim Lesen keine Pinkelpause gegönnt werden kann.« *coolibri, Bochum*

»Ein zärtliches Buch – witzig, traurig, ungestüm.«
Joseph Heller

»Brutale Wirklichkeit und Halluzinationen, Komödiantentum und Pathos. Ein bunt zusammengewürfeltes Muster... von erhebender Schönheit.«
Time Magazine, New York

»...Irvings bester Roman – virtuos, gerecht, bewegend... Man mache sich auf das Schlimmste gefaßt: Der kleine Däumling im Laboratorium Doktor Frankensteins, Hänsel und Gretel als Geiseln des Marquis de Sade sind nichts gegen Irvings *Wilde Geschichte vom Wassertrinker.*« *Le Point, Paris*

Owen Meany

Roman. Deutsch von
Edith Nerke und Jürgen Bauer

»Außergewöhnlich, originell und bereichernd... gewaltig und befriedigend. Irving schreibt mit Verve und Gusto. Mit *Owen Meany* hat John Irving sein eigenes kleines Wunder geschaffen.« *Stephen King*

»Owen Meany ist ein strategisches Meisterwerk. Die Geschichte eines amerikanischen Messias läßt sich verbinden mit einer archetypischen Tom-Sawyer-und Huckleberry-Finn-Geschichte...«
Die Zeit, Hamburg

»Das Buch ist ein erzähltechnisches Meisterwerk. Ich kenne keinen Kriminalroman, der so gut mit soviel ›suspense‹ arbeitet.« *Süddeutsche Zeitung, München*

Charles Dickens im Diogenes Verlag

»Dickens ist schuld daran, daß ich Schriftsteller werden wollte oder vielmehr: daß ich Leser so bewegen wollte, wie Dickens mich bewegt hat.
Dickens ist kein Analytiker, wohl aber ein Moralist. Sein Genie liegt in seiner Art der Beschreibung: Er beschreibt die Dinge so anschaulich und eindrücklich, daß man sie nachher nie mehr anders sehen kann als mit seinen Augen.
Heutzutage ist es oft nötig, einen populären Schriftsteller zu verteidigen; immer wieder wird Popularität in literarischen Kreisen als Zeichen schlechten Geschmacks gedeutet: Wie kann ein beliebter Schriftsteller gut sein?
Chesterton sagte, die Geschichte werde sich mit Dickens befassen müssen, und zwar aus dem einfachen Grund, ›weil dieser Mann eine Anhängerschaft hatte‹.«
John Irving in seinem Essay ›Charles Dickens – der König des Romans‹

Ausgewählte Romane und Geschichten in 7 Bänden
Aus dem Englischen
von Gustav Meyrink

Nikolas Nickleby
Roman

David Copperfield
Roman. Mit einem Essay
von W. Somerset Maugham

Oliver Twist
Roman

Bleakhaus
Roman. Mit einem Nachwort
von Hans Hennecke

Drei Weihnachtsgeschichten

Die Pickwickier
Roman. Mit einem Nachwort
von Walter Kluge

Martin Chuzzlewit
Roman. Mit einem Nachwort
von Jerôme von Gebsattel

Außerdem liegen vor:

Weihnachtslied
Eine Gespenstergeschichte. Deutsch von Richard Zoozmann. Mit Zeichnungen von Tatjana Hauptmann

Charles Dickens
Ein Essay von George Orwell. Ins Deutsche übertragen und mit Anmerkungen versehen von Manfred Papst

Meistererzählungen der Weltliteratur im Diogenes Verlag

- **Pedro Antonio de Alarcón**
Herausgegeben und aus dem Spanischen von Georg Spranger. Mit einem Nachwort von Werner Bahner

- **Alfred Andersch**
Mit einem Nachwort von Lothar Baier

- **Marcel Aymé**
Aus dem Französischen von Hildegard Fuchs und Gertrud Grohmann

- **Ambrose Bierce**
Auswahl und Vorwort von Mary Hottinger. Aus dem Amerikanischen von Joachim Uhlmann. Mit Zeichnungen von Tomi Ungerer

- **Anton Čechov**
Ausgewählt von Franz Sutter. Aus dem Russischen von Ada Knipper, Herta von Schulz und Gerhard Dick

- **Miguel de Cervantes Saavedra**
Aus dem Spanischen von Gerda von Uslar. Mit einem Nachwort

- **Raymond Chandler**
Aus dem Amerikanischen von Hans Wollschläger

- **Stephen Crane**
Herausgegeben, aus dem Amerikanischen und mit einem Nachwort von Walter E. Richartz

- **Fjodor Dostojewskij**
Herausgegeben, aus dem Russischen und mit einem Nachwort von Johannes von Guenther

- **Friedrich Dürrenmatt**
Mit einem Nachwort von Reinhardt Stumm

- **Joseph von Eichendorff**
Mit einem Nachwort von Hermann Hesse

- **William Faulkner**
Aus dem Amerikanischen übersetzt, ausgewählt und mit einem Nachwort von Elisabeth Schnack

- **F. Scott Fitzgerald**
Ausgewählt und mit einem Nachwort von Elisabeth Schnack. Aus dem Amerikanischen von Walter Schürenberg, Anna von Cramer-Klett, Elga Abramowitz und Walter E. Richartz

- **Nikolai Gogol**
Die Nase
Ausgewählte Erzählungen
Auswahl, Vorwort und Übersetzung aus dem Russischen von Sigismund von Radecki

- **Jeremias Gotthelf**
Mit einem Essay von Gottfried Keller

- **Dashiell Hammett**
Ausgewählt von William Matheson. Aus dem Amerikanischen von Wulf Teichmann, Walter E. Richartz, Hellmuth Karasek und Elizabeth Gilbert

- **O. Henry**
Aus dem Amerikanischen von Christine Hoeppner, Wolfgang Kreiter, Rudolf Löwe und Charlotte Schulze. Mit einem Nachwort von Heinrich Böll

- **Hermann Hesse**
Zusammengestellt, mit bio-bibliographischen Daten und Nachwort von Volker Michels

- **Patricia Highsmith**
Ausgewählt von Patricia Highsmith. Aus dem Amerikanischen von Anne Uhde, Walter E. Richartz und Wulf Teichmann

- **Washington Irving**
Aus dem Amerikanischen von Gunther Martin. Mit Illustrationen von Henry Ritter und Wilhelm Camphausen

- **Gottfried Keller**
Mit einem Nachwort von Walter Muschg

- **D.H. Lawrence**
Ausgewählt, aus dem Englischen und mit einem Nachwort von Elisabeth Schnack

- **Nikolai Lesskow**
Ausgewählt von Anna von Guenther. Aus dem Russischen von Johannes von Guenther

● Carson McCullers
Ausgewählt von Anton Friedrich. Aus dem Amerikanischen von Elisabeth Schnack

● Heinrich Mann
Vorwort von Hugo Loetscher. Mit 24 Zeichnungen von George Grosz

● Katherine Mansfield
Das Puppenhaus
Ausgewählt, aus dem Englischen und mit einem Nachwort von Elisabeth Schnack

● W. Somerset Maugham
Ausgewählt von Gerd Haffmans. Aus dem Englischen von Kurt Wagenseil, Tina Haffmans und Mimi Zoff

● Guy de Maupassant
Ausgewählt, übertragen und mit einem Nachwort von Walter Widmer

● Herman Melville
Aus dem Amerikanischen von Günther Steinig. Mit einem Nachwort von Hans-Rüdiger Schwab

● Prosper Mérimée
Aus dem Französischen von Arthur Schurig und Adolf V. Bystram. Mit einem Nachwort von V.S. Pritchett

● Conrad Ferdinand Meyer
Mit einem Nachwort von Albert Schirnding

● Frank O'Connor
Aus dem Englischen und mit einem Nachwort von Elisabeth Schnack

● Liam O'Flaherty
Aus dem Englischen und mit einem Nachwort von Elisabeth Schnack

● George Orwell
Aus dem Englischen von Felix Gasbarra, Peter Naujack, Alexander Schmitz, Nikolaus Stingl u.a. Ausgewählt von Christian Strich

● Konstantin Paustowski
Aus dem Russischen von Rebecca Candreia und Hans Luchsinger

● Luigi Pirandello
Auswahl und Nachwort von Lisa Rüdiger. Aus dem Italienischen von Percy Eckstein, Hans Hinterhäuser und Lisa Rüdiger

● Edgar Allan Poe
Aus dem Amerikanischen von Gisela Etzel. Auswahl und Vorwort von Mary Hottinger

● Alexander Puschkin
Aus dem Russischen von André Villard. Mit einem Fragment ›Über Puschkin‹ von Maxim Gorki

● Saki
Aus dem Englischen von Günter Eichel. Mit einem Nachwort von Thomas Bodmer und Zeichnungen von Edward Gorey

● Alan Sillitoe
Aus dem Englischen von Hedwig Jolenberg und Wulf Teichmann

● Georges Simenon
Aus dem Französischen von Wolfram Schäfer, Angelika Hildebrandt-Essig, Gisela Stadelmann, Linde Birk und Lislott Pfaff

● Henry Slesar
Aus dem Amerikanischen von Thomas Schlück und Günter Eichel

● Stendhal
Aus dem Französischen von Franz Hessel, M. von Musil, Arthur Schurig. Mit einem Nachwort von Maurice Bardèche

● Adalbert Stifter
Mit einem Nachwort von Julius Stöcker

● Rodolphe Toepffer
Ausgewählt und aus dem Französischen von H. Graef. Vorwort von Maurice Aubry. Mit vielen Illustrationen des Verfassers

● Leo Tolstoi
Ausgewählt von Christian Strich. Aus dem Russischen von Arthur Luther, Erich Müller und August Scholz

● B. Traven
Ausgewählt von William Matheson

● Iwan Turgenjew
Herausgegeben, aus dem Russischen und mit einem Nachwort von Johannes von Guenther

● Mark Twain
Mit einem Vorwort von N.O. Scarpi

● Jules Verne
Aus dem Französischen von Erich Fivian